우리아이
CEO
만들기

우리 아이 CEO 만들기

초판인쇄	2020년 10월 14일
초판발행	2020년 10월 20일
지은이	김정만
발행인	조현수
펴낸곳	도서출판 프로방스
기획	조용재
마케팅	최관호 백소영
편집	권표
디자인	호기심고양이
주소	경기도 고양시 일산동구 백석2동 1301-2 넥스빌오피스텔 704호
전화	031-925-5366~7
팩스	031-925-5368
이메일	provence70@naver.com
등록번호	제2016-000126호
등록	2016년 06월 23일

정가 15,000원

ISBN 979-11-6480-081-0 03810

성공 가능성이 가장 높은 10대에 시작하라

우리 아이
CEO
만들기

김정만 지음

프로방스

사람은 모두 행복한 삶을 살기를 원한다. 그리고 행복에 이르는 제일 빠른 길은 '성공'하는 것이라고 말한다. 여기서 말하는 '성공'이란, 통념상 돈이나 명예, 파워(power) 등을 남들이 부러워할 만큼 많이 가지고 누리는 것을 의미한다.(성공의 사전적 정의는 '목적한 바를 이루는 것'인데 사람마다 목적한 바가 각각 다를 것이므로 이는 매우 주관적으로 해석될 여지가 있다. 비록 돈이나 명예, 권력 등을 가지고 있지 못해도 자신이 목적한 바를 이뤘다면 그는 자신이 성공했다고 말할 수도 있다.) 하지만 행복하기 위해선 이같은 성공 외에도 몇 가지 조건들이 더 필요하다. 예를 들어 지천명(知天命) 세대는 행복하기 위해 최소한 다섯 가지가 필요하다고 하는데 '일건이처삼재사사오우'(一健二妻三財四事五友)로 첫째 건강, 둘째 아내, 셋째 재산, 넷째 일. 다섯째 친구가 그것들이다. 그럼에도 성공이 행복의 상당 부분을 차지하는 것은 사실이다. 도스토옙스키는 그의 책 〈죽음의 집〉에서 돈을 '주조된 자유'라고 했는데 그의 표현대로라면 돈 많은 부자일수록 내가 하고 싶은 것을 할 수 있는 자유도 많아지는 것이니 그런 면에서 성공은 행복의 필요조건임은 부인할 수 없다. 사실 부자만 되어도 위에서 말한 다섯 가지 요건들을 대부분 충족할 수 있다.

과거에는 성공하기 위해서 오랜 시간과 노력이 필요했다. 적어도 한 분야에서 성공하기 위해선 최소한 20년, 30년 이상은 고생해야 겨우 성공의 반열에 올랐다. 예를 들어 어떤 사람이 40대에 성공했다면 그것은 매우 빨리 성공한 케이스에 속했다. 그렇다면 작금의 현실은 어떠한가? 장안의 화제가 되었던 '미스터 트롯'을 예로 들어보자. 본선에서 6위를 한 장민호는 나이가 44세요, 5위를 한 정동원은 14세로 그 둘은 무려 30년의 나이 차이가 난다. 성공의 관점에서 본다면 정동원은 장민호보다 30년 빨리 트롯 가수로 성공한 셈이다. 그렇다면 정동원은 어떻게 그 어린 나이에 성공할 수 있었을까? 중요한 것은 이 세계에는 정동원과 같이 어린 나이에도 성공하는 아이들이 점점 많아지고 있다는 사실이다. 나는 이 같은 사실이 우리가 주목해야 할 매우 중요한 '시대적 변화'라고 말하고 싶다. 독일 사회학자 울리히 베크(Ulrich Beck)는 "우리가 살고있는 세상은 단순히 변화하는 것이 아니라 탈바꿈 중"이라고 말한다. 이는 기존의 성공 패러다임 역시 탈바꿈하고 있다는 말로도 해석될 수 있다.

이 책은 이러한 '시대적 변화'를 독자들이 좀 더 체감할 수 있도록 하기 위해 썼다. 나아가 어린 나이에 성공한 아이들의 성공과정을 분석하여 우리 아이들도 일찍 성공시킬 수 있는 방법론을 제시하고자 하였다.

내가 분석한 바로는 4가지 요인들에 의해 아이들의 성공 여부가 좌우되는 것을 보았다. 첫째, 특별한 재능을 가지고 있는 아이가 성공가능성이 높다. 정동원처럼 노래에 재능이 있던지, 뒤에서 살펴보겠지만 어텀과 같이 그림에 재능이 있는 아이들이 빨리 성공한다. 둘째, '창의적인 아이디어'와 '기업가적인 마인드'를 가진 아이들이 성공한다. 셋째, 이것이 매우 중요한 요인인데, 바로 '부모의 역할'이다. 아이들의 재능 발휘나 아이디어 구현에 있어 부모의 역할은 지대하다. 끝으로 '글로벌 네트워크 환경'이다. 즉, 온 지구촌이 인터넷과 SNS로 연결돼 있으며 이는 지구적 소통의 장(場)뿐만 아니라 '거대 시장'으로서의 역할을 동시에 수행한다. 아이들의 성공 여부는 이 4가지 요인들의 역학관계에 달려있다 해도 과언이 아니다.

그렇다면 이른 나이에 성공하는 아이들이 출현하기 시작했다는 것은 무엇을 의미하는 것일까? 그것은 '성공 연령'이 점점 하향화되고 있으며 '성공 속도' 또한 빨라지고 있다는 사실이다. 이 책에 등장하는 아이 중에는 10살 이전에 성공한 아이들도 있으며 대부분의 아이들이 성공하는데 소요된 기간은 평균 5년 내외로 과거보다 훨씬 단축됐다.(말콤 글래드웰은 그의 책, <아웃라이어>에서 한 분야에서 성공하기 위해서는 최소한 1만 시간의 노력이 필요한데 1만 시간은 매일 3시간씩 노력할 경우 약 10년이 걸린다고 한다.) 어떻게 이것이 가능해졌느냐고 묻는다면 나는 단지 '발달된 문명의 혜택'이라고밖에 말할 수 없다. 다소 허탈하게 들릴 수도 있겠지만 지금은 아이들이 성공할 수 있는 환경이 조성된 반면, 우리 시대에는 그렇지 못했다는 것이다. 우리 시대(70~80년대) 10대들은 성공에 대한 관념이나 의식이 다소 희박한 편이었는데 10대에 성공한다는 것은 그 당시엔 거의 상상할 수 없는 일이었다. 그 시절에는 그저 열심히 공부해서 대학에 가는 것이 삶의 큰 목적이었고 성공은 그 후에나 생각해 볼 일이었다. 하지만 요즘의 아이들은 다르다. 발달된 문명의 혜택에 이미 익숙한 이들은 이제 그 혜택을 성공의 발판으로 이용할 정도로 '스마트'(smart)하다. 그들은 자신들의 용돈으로 '가상화폐'(비트코인)를 사들이거나 한정판 스니커즈를 정가로 구입해서 다시 비싸게 되파는 '리셀'로 한순간에 백만장자가 되기도 한다. 지금은 우리 시대에 꿈도 꾸지 못했던 일들을 할 수 있는 시대가 되었고 또한 이런 일들을 할 수 있을 정도로 아이들이 똑똑한 시대다. 울리히 베크는 다음과 같이 말한다.

"세계를 이해하는 능력과 관련해 사상 처음 세대 간 위치가 변

환됐다. 많은 어른이 세상이 어떻게 돌아가는지 제대로 파악하지 못하고 있는 반면, 청소년들은 현재 상황을 정확히 감지하고 돌아가는 상황을 어른들보다 더 빨리 포착한다."

이러한 의미에서 나는 십 대에 성공할 가능성이 제일 높다고 말하고 싶다. 그러므로 공자도 말했듯이 십대에 입지(立志 뜻을 세움), 즉 자신의 '성공목표'을 세워야 한다고 말하고 싶다. 혹자는 이 시기를 '질풍노도의 시대'라 부르기도 하지만 나는 '아이들의 성공시대'라 부르고 싶다. 그러므로 십 대에 성공할 가능성을 100% 볼 때 이때 성공의 기회를 놓치면 성공가능성 30%가 상실된다. 따라서 이십 대에 성공할 가능성은 70%가 된다. 만약 이때도 그 기회를 놓치면 성공가능성은 또 다시 40%가 상실된다. 따라서 삼십 대는 30%의 성공가능성을 가지고 뛰어야 하는데 이 정도의 가능성을 가지고 성공하기란 여간 힘든 것이 아니다. 40대 이후에는, 계속해 오던 일이 아니라면, 어떤 새로운 일로 성공한다는 것은 정말로 힘든 일이다. 그러므로 힘들더라도 십 대, 늦어도 이십 대엔 승부를 걸어야 한다. 오늘날 왜 청춘 세대들이 아파하며 팍팍한 삶을 살아가는가? 물론 여러 가지 이유가 있겠지만 이 책에서 말하는 그중 하나는 '성공하기 위한 승부수를 늦게 던졌다.'는 것이다. 예를 들어 남자의 경우 대학진학 후 휴학하고 군대 다녀와서 복학해서 취업 준비하고 취업해서 무엇인가를 하려고 하니 늦다는 것이다. 십 대 이

십 대를 단순히 공부와 학창시절의 추억과 낭만 만들기로 보내고 맞이할 여러분의 미래의 현실은 여러분이 상상하는 것 이상으로 냉혹할 수 있다.

십 대에 성공할 수 있는 또 하나의 강점은, 앞서 언급했듯이, 그때가 머리가 가장 좋은 시기이기 때문이다. 뇌과학적인 측면에서 보더라도 그때가 뇌세포가 가장 활성화되는 시기로 아이들의 창의적인 아이디어와 기발한 발상이 넘쳐나는 시기다. 우리는 그들이 기업가적 마인드를 가지고 이것들을 비즈니스화하도록 옆에서 거들어 주기만 하면 된다. 비록 그들이 인생 경험은 많지 않더라도 높은 성공가능성의 잇점과 그들의 재기(才器)와 창의력을 활용한다면 이른 나이에도 얼마든지 성공할 수 있다는 것이다.

우리는 성공한 사람들을 보면 '보통사람들에게는 없는 특별한 재능이나 능력이 있을 것'이라고 생각하는 경향이 있다. 하지만 이는 우리의 편견이요, 고정관념이다. 빌 게이츠의 말을 들어보자.

"나는 유별나게 머리가 똑똑하지 않다. 특별한 지혜가 많은 것도 아니다. 다만 나는 변화하고자 하는 마음을 생각으로 옮겼을 뿐이다."

빌 게이츠가 말하는 성공의 비결은 간단명료하다. 즉, 마음먹고 생각한 바를 실천하는 것이다. 아이들이 어른보다 성공경쟁력이 높은 이유도 바로 여기서 찾아볼 수 있다. 아이들은 하고자 하는 마음이 들면 바로 실천하는 반면, 어른들은 '신중해야 한다'는 명분으로 우물쭈물하다 기회를 놓치는 경우가 많다. 그러므로 우리가 할 일은 아이들이 마음먹고 하고자 하는 것을 할 수 있도록 격려하고 칭찬하며 도와주는 것이다. 나는 빌 게이츠가 한 말이 그저 겸손의 표현이라고 생각하지 않는다. 우리가 그를 특별하게 보는 것은 단지 그가 성공했기 때문이다. 누구든지 성공하면 그렇게 보이게 마련이다. 그의 말대로 '변화하고자 하는 마음을 생각으로 옮기는 일'은 꼭 재능있는 사람만이 할 수 있는 일은 아니다. 보통 사람들도 얼마든지 할 수 있는 일이다. 이 책에 등장하는 성공한 아이들 대부분은 단언컨대 보통 수준의 아이들이다. 단지 그들은 자신들이 하고자 한 일들을 실천함으로 성공한 것이다. 물론 그들이 자신이 원하는 일을 할 수 있도록 물심양면으로 도와준 부모의 공로를 잊어서는 안될 것이다.

소파 방정환 선생은 '아이들을 내 아들놈, 내 딸년이라고 하면서 자기 물건으로 알지 말고 자기보다 한결 더 새로운 시대의 새 인물인 것을 알아야 한다.'고 말한다. 모쪼록 이 책이 새 시대의 푸른 꿈을 마음껏 펼쳐나갈 우리 아이들의 찬란한 미래를 밝히는 작은 등대가 되고 내 아이를 이 시대를 빛낼 성공한 자녀로 키워나갈 부모님들에게 자그마한 힘과 지혜가 되기를 희망한다.

아울러 이 책을 쓸 수 있도록 영감과 지혜의 원천이 되어주신

Joshua Jung 선생님과 글 작업에 전념할 수 있도록 도와준 사랑하는 아내와 두 아들, 성공하기 위한 아이들의 진로비전에 관해 많은 도움 말씀을 주신 '나다음 에듀' 오영희 대표님, 그리고 이 책이 빛을 볼 수 있도록 여러모로 도와주신 프로방스 조현수 대표님과 출판관계자 여러분께 감사의 마음을 전한다.

스타벅스 커피숍에서

차 례

제1장

창의적인 아이디어와 기업가 정신을 가진 아이가 성공한다

1 10代 CEO의 출현과 그 의미

미국 텍사스주에 살고 있는 미카엘라 울머(Mikaila Ulmer)는 4살 때 벌에 쏘인 이후로 벌에 대한 트라우마(trauma ; 과거에 경험했던 공포와 같은 순간이 발생했을 때 당시의 감정을 느끼면서 심리적 불안을 겪는 증상)를 갖고 있었다. 이를 안타깝게 여긴 그녀의 증조할머니는 증손녀의 벌에 대한 두려움과 나쁜 기억을 지워주고 싶은 마음에 설탕 대신 꿀을 넣은 달콤한 레모네이드를 만들어 주었다. 몇 번을 마시고 난 후 맛을 들인 미카엘라가 할머니에게 레시피(recipe)를 묻자 할머니는 친절하게 그녀의 '특급 노하우', 곧 설탕 대신 꿀을 사용했음을 알려주었다. 그 후 미카엘라는 벌에 대한 공포심을 잊게 되었을 뿐만 아니라 꿀에 대한 매력까지 느끼게 됐다.

미카엘라의 할머니가 심리학에 어느 정도의 식견이 있었는지

는 알 수 없지만 그녀는 벌에 대한 트라우마를 가지고 있는 그녀의 손녀에게 매우 훌륭한 심리치료기법을 수행하였다. 소위 '직면'(confrontation)으로 알려진 이 기법은 어떤 특정 상황으로부터 야기된 내담자의 심리적 문제를 그 상황에 직접 대면케 함으로써 해결하고자 하는 것이다.

　예를 들어, '사이코지만 괜찮아'라는 드라마에서 자폐 스펙트럼(Autism spectrum, 지적장애가 수반되지 않는 자폐성 장애)을 가지고 있는 문상태는 나비 브로우치를 단 여자가 자기 어머니를 죽이는 장면을 목격한다. 그 후로 문상태는 나비에 대한 두려움을 가지게 되지만 그림에 재능이 있는 그에게 병원장 오지왕이 나비 그림을 그려보게 하는 것과 같은 방식이다. 이 기법은 수행과정에서 악몽(惡夢)

과도 같은 기억을 되살린다는 측면에서 당사자에게는 힘들고 괴로운 일이 될 수 있다. 하지만 미카엘라의 할머니는 지혜롭게도 '벌' 대신 '벌꿀'을 사용한 간접직면기법을 수행하였고 그 결과는 좋았다. 이러한 할머니의 도움에 힘입어 미카엘라는 11살 되던 해 '결정적 순간'을 맞이하게 된다. 그동안 할머니의 비법으로 만든 레모네이드를 집 앞에서 팔기 시작했던 미카엘라는 청소년 사업가를 위한 지역 행사에서 처음으로 '할머니표' 레모네이드, 'Bee Sweet Lemonade'를 판매할 기회를 얻게 되었다. 혹시라도 많이 팔리지 않아 그녀가 실망할까 봐 주위에서 많은 걱정을 했지만 그들의 우려와는 달리 미카엘라의 레모네이드는 완판됐다. 입소문을 탄 그녀의 레모네이드는 지역 피자가게 납품을 시작으로 빠르게 성장하였고 여기서 자신감을 얻은 미카엘라는 곧이어 미국의 투자 TV 프로그램인 '샤크 탱크'에 출연해서 자신의 레모네이드를 홍보하며 투자자를 찾았다. 얼마 지나지 않아 FUBU의 최고경영자인 데이먼드 존은 '비 스위트 레모네이드' 지분의 25%를 갖는 조건으로 6만 달러(7000만 원)를 투자하였다. 존의 최연소 사업 파트너가 탄생한 것이다. 샤크 탱크와 존의 후원으로 미카엘라는 자신이 만든 레모네이드의 생산과 판매에 착수했다. 얼마 지나지 않아 미국 최대 식재료 유통기업 회사인 '홀 푸드 마켓'(Whole Foods Market)과 총 1천100만 달러(120억 원) 규모의 공급 계약을 체결했다. 11살 소녀가 천만 달러 매출을 올리는 기업의 주인공이 되는 순간이었다. 2016년 12

홀 푸드 마켓과 1천 100만 달러(120억 원) 규모의

공급 계약을 체결한 미카엘라

살의 나이로 그녀는 자신이 만든 회사, 'Bee Sweet Lemonade'의 CEO(최고경영자) 자리에 올랐다.

미카엘라의 성공이 우리에게 시사하는 바는 무엇일까? 첫째, 이제 '성공담'은 더 이상 어른들만의 무용담이 아니라는 것이다. 이는 '성공'이란 빅 파이(big Pie)에 과거에는 냄새도 맡지 못했던 10대들이 지금은 포크를 들고 기웃거리기 시작했음을 의미한다. 이 책에서 우리는 미카엘라처럼 '어른 뺨치는' 10대들의 성공담을 보게 될 것이다. 앞으로 우리는 성인용(成人用) 오디세우스 무용담보다는 아동용(兒童用) 엘리스 모험담을 더 자주 듣고 보게 될 것 같다. 머지않아 우리는 '성공 연령 초(超)하향화 시대'를 실감하게 될 것이며, 더불어 우리의 10대들도 이 나라의 엄연한 경제 주체의 일부로 인정하는 문제를 진지하게 논의하게 될 것이다.(현재 우리나라 노동가능인구를 만 15세 이상으로 규정하고 있는데 앞으로는 이보다 더 낮아질 가능성이 농후하다.)

둘째, 대체로 인적 물적 자원들을 기반으로 성공한 어른들과는 달리 성공한 10대들은 오로지 번뜩이는 아이디어와 순수한 열정으로 승부한다. 아이디어가 거창한 것도 아니다. '설탕 대신 꿀' 정도이다. 그렇다고 내가 이 같은 아이디어를 과소평가하는 것은 아니다. 나는 미카엘라의 사업가적 발상이 '콜럼버스의 달걀'(Egg of Columbus)과 견주어 볼 때 결코 손색이 없다고 생각한다. 누구도 생각지 못한 것을 해낸 사람은 '개척자'(혹은 선구자)라는 의미에서 마땅히 존경받고 박수받을 만하다. 비록 그가 어리다고 하더라도 말이다. 아이들은 대체로 순수한데 나는 그들의 순수함이 그들을 CEO로 만드는 원동력 중 하나라고 생각한다. 순수하기에 사물에 대한 직관 능력이 뛰어나다. 또한 이해타산적이지 않기에 사심 없이 자신들이 좋아하는 일들을 열정적으로 해나간다. 그러므로 어른들은 그들이 하는 일을 장려해 주고, 여유와 능력이 된다면, 그저 '마중물' 정도라도 도와주라는 것이다. 그 정도만 해도 아이들에게는 매우 큰 힘이 될 수 있다. 코끼리에게 비스켓은 별거 아니겠지만 개미에게는 한동안의 양식이 될 수도 있기 때문이다.

끝으로 어린 자녀들의 기업가적 재능과 능력에 대한 재평가이다. 나는 이렇게 말하고 싶다. "이 세상에 평범한 자녀란 없다. 다만 평범하게 키우는 부모만 있을 뿐이다"라고 말이다. 이 책을 쓰면서 내가 느낀 것은 나이가 어리다고 생각도 어리거나 잠재능력도 부족하다는 것은 아니라는 사실이다. 이 책에서 보여주는 분명한 한 가지는, 아이들도 충분히 사업을 시작할 수 있는 능력과 기질이 있으며 그로 인해 이른 나이에도 성공할 수 있다는 사실이다. 만약, 장성한 아들이 사업을 할 수 있도록 사업자금을 지원해 달라고 한다면 부모는 아마도 긍정적으로 생각해 볼 수 있을 것이다. 하지만 10대 자녀가 그와 같은 제안을 한다면 부모입장에서 선뜻 승낙하기란 쉽지 않을 것이다. 오히려 "쓸데없는 생각 말고 그냥 하던 공부나 열심히 해!"라고 일축할지도 모른다. 하지만 나는 이렇게 말하고 싶다. 할 수만 있다면 장성한 아들뿐만 아니라 10대 자녀들도 똑같이 도와주라고 말이다. 앞으로 보면 알겠지만 여기에 등장하는 작은 고추들은 제법 맵다.

10代 CEO의 등장에 제일 관심이 있을법한 사람들은 아마도 10대 아이들을 둔 부모들과 10대 청소년들일 것이다. 사실 이 책은 어느 정도 그들을 염두에 두고 쓴 글이기도 하다. 하지만 나는 이 책이 혹시라도 부모들에게 '우리 아이들도 CEO가 될 수 있다'는 믿음을 과도하게 심어주거나 혹은 아이들도 모두 CEO가 되겠다는 꿈을 갖도록 종용하는데 사용되는 것을 원치 않는다. 모든 아이들이 CEO가 되는 것은 아니며 또한 그래서도 안 된다.(이 세계는 개성과 다양성의 세계다.) 모든 아이들은 각자 개성대로 달란트를 가지고 태어나는데 사업가적 재능의 달란트도 그중의 하나일 뿐이다. '될성부른 나무는 떡잎부터 알아본다'는 말처럼, 그와 같은 달란트는 조기에 발현되기도 한다. 이때 부모들은 관심을 가지고 아이의 달란트가 결실할 수 있도록 물심양면으로 도와줘야 한다는 것이다. '아이들의 미래를 위해서'라는 명분하에 부모의 생각과 계획을 자녀에게 강요함으로써 그들이 지닌 천부적인 달란트의 개화가능성(開花可能性)을 막아서는 안 된다. 사람은 아이나 어른이나 모두 자기가 좋아하는 일을 할 때 즐겁고 행복한 법이다. 그러니 제발 아이들이 가고자 하는 길을 막지 말자.

10대 여러분도 성공한 또래의 아이들을 무작정 따라 하려고만

하지 말고, 먼저 자신의 달란트가 무엇인지를 진지하게 성찰하고 자신만의 진로를 개척해 나가는 것이 중요하다. 10대에 CEO가 되는 것이 모든 10대들의 성공의 기준은 결코 아니며, 10대에 성공하지 못했다고 해서 실망할 필요도 전혀 없다. 각자 성공의 때가 모두 다르기 때문이다.

자동차 왕 포드는 40세에 자신의 회사를 설립하였다. 유통업계의 대명사 샘 월튼이 월마트 1호점을 개업했을 때 그의 나이는 44세였다. 마음씨 좋게 생긴 할아버지 커넬 샌더스는 수많은 실패와 역경을 거치고 65세에 KFC를 창업하였다. 중요한 것은 이들처럼 성공하기까지 자신이 꿈과 목표를 향해 끝까지 포기하지 않고 전진해 나가는 것이다. 그러므로 빨리 성공하는 것만이 능사는 아니다. 그리고 빨리 성공했다고 끝까지 그 삶을 누리는 것도 아니다. 영화 '나 홀로 집에'의 주인공으로 아역 스타였던 맥컬리 컬킨은 어린 나이에 성공했지만 후에 배우로서 인기하락, 옛 연인과의 이별 그리고 부모의 이혼으로 괴로워하다 스스로 목숨을 끊기 위해 마약을 할 정도로 바닥 인생을 살기도 했다. 이처럼 이른 나이의 성공이 반드시 그 이후의 행복한 삶을 보장하는 것은 아니다. 성공을 시기, 질투하는 시험과 역경은 도처에 깔려있다. 그러므로 성공이란 왕관을 쓴 자는 그 무게 또한 이겨내야만 한다는 것을 잊어서는 안 된다. 그러므로 '진인사대천명'(盡人事待天命, 인간으로서 해야 할 일을 다하고 하늘의 명을 기다린다는 뜻)이란 말처럼 그때를 위해서 날마다 부지런히 연구하고 노력하는 자세가 중요하다고 말하고 싶다.

'메리에겐 뭔가 특별한 것이 있다'(There is Something About Mary, 1998)라는 영화 제목처럼, 10代 CEO들에게도 그들만의 '특별한 성공 DNA'가 있다. 나는 지금부터 그것들에 대해 살펴봄으로써 10대 여러분들에겐 내가 지닌 성공 DNA가 무엇인지에 대해 진지하게 성찰할 수 있는 기회를 제공하는 한편, 부모들에겐 특별한 재능을 지닌 아이들이나 혹은 학업보다는 사업에 뜻이 있는 아이들을 어떻게 이끌어줄 것인지에 대한 방법과 역할을 구체적으로 논의할 것이다. 성공에 이르는 제일 쉽고도 빠른 길은 성공한 사람들의 뒤를 밟는 것이다. 이제 그들의 발자취를 한 걸음씩 따라가면서 장차 이 나라를 빛낼 예비 10대 사업가들의 등장을 기대해 보기로 하자.

리셀러(reseller)의 아이콘, 벤자민 카펠루쉬닉(Benjamin Kapelushinik)

한때 미국의 유명 래퍼이자 아티스트로 알려진 칸예 웨스트(Kanye West)가 디자인한 신발, 'adidas yeezy boost 350'이 운동화 매니아 사이에서 유명세를 타기 시작했다. 그리고 가격이 천정부지로 치솟아 발매가가 30만 원 정도 하던 것이 시중에서 100만 원이 넘게 거래되었다. 현재 스니커즈 마니아들의 '드림 슈'(Dream shose)로 꼽히는 '톰 삭스 마스야드 2.0'는 나이키가 현대 예술가 톰 삭스와 협업해 2017년 내놓은 스니커즈이다. 이것의 가격은 무려 725만 원에 달한다.(최초 발매가는 23만 9,000원이었다.) 이렇게 발매한 가격보다 높은 가격으로 물건을 다시 파는 것을 '리셀(resell)'이라고 하는데 이 리셀 비즈니스를 이용해 백만장자가 된 사람이 있다. 놀라운 것은 이 리셀러(reseller)가 이제 18세 소년이라는 것이다. 그의 이름은

'벤자민 카펠루쉬닉'(Benjamin Kapelushinik).

벤자민 킥스(Benjamin Kickz)라는 별명으로 더 유명한 이 친구는 부유한 유대인 사업가 가정에서 태어났다. 부모의 도움 없이 자신의 힘으로 돈을 벌어보고 싶다는 생각에 구하기 힘든 '르브론 x MVP' 농구화를 400달러에 사서 4000달러에 파는 데 성공했다고 한다. 이를 계기로 프리미엄 운동화에 '눈을 뜬' 그는 리셀 비즈니스에 본격적으로 뛰어들었다. '레어 스니커즈'(rare sneakers)를 손쉽게 구하는 사람이 있다는 입소문이 매니아들 사이에서 퍼져나가자 유명연예인들도 그에게 문의했다. 바야흐로 1조 4000억 원 규모의 리셀 시장에서 그는 자신의 존재를 서서히 부각시켜 나가기 시작했다. 자신만의 노하우를 통해 시중에서 구하기 힘든 신발을 구입할 수 있었던 벤자민은 자신의 능력을 십분 활용해 '스니커돈'(SneakerDon)이라는 온라인 쇼핑몰을 열었는데 2016년 한 해 10억이 넘는 연 매출을 달성하며 SNS에 돈 자랑하는 모습을 보인 바 있다.

벤자민의 이야기가 우리에게 전하는 메시지는 무엇인가? 첫째, 하루라도 빨리 경제적으로 자립하겠다는 생각을 갖거나 혹은 갖게 하는 것이 '성공의 지름길'이라는 것이다. 즉, 돈에 눈을 빨리 뜨면 뜰수록 성공속도는 빨라진다는 얘기다. 그러므로 나는 부모의 자녀교육에 경제교육도 '필수과목'으로 포함시키기를 권장한다. 그는 부유한 가정환경 속에서도 부모의 도움 없이 자신의 힘으로 돈을 벌겠다는 생각으로 운동화 리셀을 하였다. 하지만 우리나라의 경우

리셀 비즈니스에 열중인 벤자민

그와 같은 생각을 지닌 아이들이 얼마나 될까? 아마도 우리나라 아이들의 대부분은 대학진학을 염두에 두고 있을 것이다. 그리고 선호하는 직업 중의 하나인 공무원이 되기 위해 대학 4년 동안 열심히 취업 준비와 스펙 쌓기에 열중할 것이다.(현실적 의미에서 '취준생'은 대학생의 또 하나의 사회적 이름이다.) 물론 그들이 독립하기까지 부모의 뒷바라지는 물심양면으로 계속된다. 이런 한국 상황을 보고 벤자민은 다음과 같이 말할지도 모르겠다.

"아니, 언제까지 부모에게 얹혀 그렇게 살 건가요? 전 18세에 이미 독립해서 백만장자가 됐는데요. 대학이요? 글쎄요. 뭐 필요하다고 생각되면 언제든 갈 수는 있겠지만 지금은 내가 하는 이 일이 너무 재밌거든요."

벤자민이 전하는 두 번째 메시지는, 직업 세계에 대한 우리의 인식을 확장시킬 필요가 있다는 것이다. 앞서 언급했듯이, 꼭 대기업에 입사하거나 공무원이 되거나 연예인이 되거나 몇몇 특정 직업에 종사하는 것만이 우리 아이들의 직업 세계의 전부는 아니다. 직업 세계는 그야말로 무한하고 다양하며 또한 사활적(死活的)이기도 하다. 우리는 이미 AI, Robot, 드론, 3D 프린팅, VR/AR, 스마트 공장 등으로 대변되는 4차산업혁명시대를 살아가고 있으며 이로 인해 엄청난 직업 세계의 지각변동을 경험하고 있다. 세계경제포럼

(WEF)은 2015년 1월 발표한 '일자리의 미래' 보고서에서 인공지능과 로봇 등으로 향후 5년간 약 500만 개의 일자리가 사라질 것으로 전망했다. 또한 구글이 선정한 미래학 석학 토마스 프레이 다빈치 연구소(미래학 싱크탱크) 소장은 2012년 터키에서 열린 TED 강연에서 2030년까지 현재 지구상에 존재하는 직업의 약 50%가 사라질 것으로 전망했다. 미국에서 10년마다 약 25%의 직업이 바뀐다는 점을 고려하면 WEF나 프레이 소장의 예견은 미래형이 아니라 그야말로 현재진행형이라 할 수 있다. 그러므로 이제는 줄을 잘 서야 할 때가 왔다. 즉, 4차산업혁명시대에 부합하는 직종을 선택할 것인지 아니면 기계로는 대체될 수 없는, 오직 인간만이 할 수 있는 고유직종을 택하든지 아니면 벤자민처럼 인간의 소유가치 욕구를 충족시켜주는 일을 직업으로 삼든지 말이다. 이러한 의미에서 우리 부모들도 자녀들의 직업과 진로선택에 관해 그들과 진지한 대화가 필요한 시점이라 생각한다. 그저 열심히 공부해서 대학에 가고 졸업후 좋은 직장에 다니는 것이 아이들의 맹목적 선택지가 돼서는 안된다. 알다시피 힘겹게 대학을 나오고도 취업을 하지 못해 쩔쩔매는 것이 작금의 현실이다. 대학졸업장은 이제 더 이상 취업의 보증수표가 아니며 에드워드 A 말로이의 말대로 '한 인간이 완성품이라는 증명이 아니라, 단지 인생의 준비가 되었다는 표시'에 지나지 않을 뿐이다. 그러므로 우리는 대학 4년의 가치를 진지하게 따져봐야 한다. 분명한 목적의식을 가지고 대학에 가는 것은 장려할만하지

만 그저 '친구 따라 강남 가듯' 대학에 가는 것은 신중하게 생각해
봐야 한다. 이 책에 나오는 성공한 10대들은 창업한 지 5년 이내에
대부분 성공한 아이들이다. 대학 4년의 기간은 자신이 목적한 일을
이루기에 결코 짧은 시간이 아니다. 내가 말하고 싶은 것은 대학 졸
업 후 취업만 고집할 것이 아니라 창업 후 대학 진학이나 혹은 대학
기간 중 창업이라는 대안도 한번 생각해 보자는 것이다. 페이스북
의 마크 저커버그는 사업을 위해 하버드를 중퇴했지만 그럼에도 하
버드를 빛낸 인물로 훗날 하버드대 졸업(2017년) 축사 연사로 단상
에 섰다. 그러므로 대학진학의 '시점'에 대해 좀 더 신축적으로 생
각해 보자는 것이다. 특히 남자 청소년들은 대학 4년, 군대 2년, 도
합 6년의 시간을 어떻게 활용할 것인지에 대해 정말 신중하게 생각
해야 한다. 나는 자신이 원하는 바를 이룬 뒤에 혹은 어느 정도 경
제적으로 자리를 잡은 후에 대학을 선택해도 늦지 않다고 말하고
싶다.

　　세 번째 메시지는 '자기가 좋아하는 일을 비즈니스로 만들라'
는 것이다. 과거 우리 386세대의 10代는 명문대를 나와 판검사나
의사, 엔지니어가 되는 것이 성공의 전형적인 모델이었다.(이 모델은
예전만큼은 아니더라도 여전히 나름의 영향력을 가지고 있다.) 하지만 요즘의
성공한 10대들은 굳이 이 길을 답습하려고 하지 않는다. 이들에게
두드러지게 나타나는 특징 중의 하나는 과거의 우리처럼 학력에 그
렇게 연연하지 않는다는 점이다.(80년대만 하더라도 대학을 가지 못하면 '루

저' 취급을 받았다.) 이들에겐 대학 졸업 후 성공이 아니라 먼저 성공한 후에 대학이다. 즉, 이들에게 대학은 '필수과정'이 아니라 '선택'사항일 뿐이다. 또 하나는 '일과 취미의 수렴화' 현상이다. 다시 말해서 취미가 직업이 되고 직업이 곧 취미가 된다는 것이다. 일과 취미의 경계가 갈수록 모호해지고 있다. 페이스북 CEO인 마크 저커버그는 '어떻게 그렇게 많은 돈을 벌게 되었느냐?'는 기자의 질문에 '나는 그저 내가 좋아하는 일을 했을 뿐'이라고 대답한 바 있다. 페이스북은 처음부터 비즈니스로 출발한 것이 아니라 마크와 그의 친구들이 '재미'로 시작한 것이었다. 이러한 의미에서 나는 좀 과장되게 말하고 싶다. '재미가 곧 돈!'(Fun is Money!)이라고.

벤자민의 성공사례에서 거듭 확인된 사실은 이것인데, '누구든지 자기가 진정으로 하고 싶은 일을 할 때 성공가능성이 높다'는 것이다. 그러므로 부모는 '자녀가 좋아하는 일을 가능하면 적극 지원하라'는 것이다. 왜냐하면 무엇인가를 하고자 하는 아이들에게 부모만큼 든든한 정신적 물질적 후원자는 없기 때문이다. 하지만 아이들의 꿈과 재능 발휘를 막는 사람들 역시 부모란 점을 부인할 수도 없다. 물론 우리 아이들이 모두 미카엘라나 벤자민처럼 성공하는 것은 아니며 또한 아이들이 원하는 대로 모두 해주는 것도 현실적으로도 한계가 있다. 그럼에도 성장하는 아이들에게 있어 부모들이 제일 관심을 가져야 할 부분은 바로, 아이들이 진정 원하는 일을 하고자 할 때 그 기(氣)를 꺾지 않고 격려하고 지원해 주는 일이다.

그래서 아이들이 자신의 꿈과 재능을 맘껏 발휘할 수 있는 발판을 마련해 주어서 아이들도 성공할 수 있는 황금 같은 기회를 놓치지 않는 것이다. 아이들의 진로에 대해서도 부모가 일일이 개입하고 간섭하기보다는, 아이들 스스로 결정하고 자신의 길을 개척해 나갈 수 있도록 이끌어주는 것이 중요하다. 아이들의 진로를 부모가 계획하고 정해주는 것은 자녀들이 원하는 인생이 아닌 부모가 원하는 인생을 살도록 은연중에 강요하는 것이나 다름없다.

예술적 재능이 있었던 나의 둘째 아들은 중학교를 졸업하고 예고(藝高)로 가서 피아노 공부를 본격적으로 하길 원했지만 나는 예고에 대한 편견, 이를테면 예고 졸업 후 대학 진학에 대한 불투명, 여학생들 틈바구니에서 혹 '험난한' 사춘기를 보내지 않을까 하는 우려 등으로 인해 그를 거의 떠밀다시피 해서 일반고로 보냈는데 이것이 나의 뼈아픈 '패착'이었다. 둘째 아이는 일반고에 전혀 적응하지 못했다. 피아노만 생각하는 아이가 자기가 원치 않는 공부에 전념할 리가 없었다. 그로 인해 고등학교 3년 동안 우리는 서로에게 가시가 되고 아픔이 되었다. 그는 피아노 경연대회에서 좋은 성적을 내지 못할 때마다 "그게 다 나를 예고 안 보내줘서 그런거야! 뭐가 힘들다고 그거 하나 제대로 못 밀어줘?"라며 엄마에게 짜증을 내고 불평불만을 늘어놓곤 했다. 결국 그가 자신이 원하는 길을 가는 모습을 보면서 '이럴 줄 알았으면 그때 원하는 예고에 보낼 것을!'하며 뒤늦게 후회하게 되었다.(이런 의미에서, 2장에 등장하는 트롯 신동 정동원이 자신의 재능을 일찍 알고 선화예술중학교에 입학한 것은 잘한 일이라 생각된다. 그를 보니 새삼 둘째에게 미안한 마음이 든다.) 그 이후로 나는 두 번 다시 그와 같은 후회는 하지 않겠다고 다짐하면서 이제는 묵묵히 그가 가는 길을 지켜보고 격려해주고 있다. 노파심에서 한마디 하자면, 제발 아이들이 하는 일에 대해 간섭하거나 부모의 생각을 강요하지는 말라는 것이다. 그야말로 '꼰대'로 가는 지름길이다. 부모 시대의 경험담은 호랑이 담배 피우던 시절의 얘기로 이미 유효기간이 지난 지 오래다. 그러므로 하려거든 'Teaching'보다는 'Coaching'을 하라. 전자는 아이들이 별로 알고 싶지도 듣고 싶지도 않은 말을 장황하게 늘어놓는 잔소리요, 후자는 아이들이 공감할 수 있는 유용한 정보나 조언이다. 나는 부모들도 끊임없이 공부하기를 촉구한다. 단지 부모들의 살아온 경험만으로 아이들을 지도하는 것은 마치 10년 전 강의록을 지금까지도 계속 우려먹는 재미없는 교수와도 같다.(물론 옛날 얘기다.) 그 경험들이 계속 효력을 유지하기 위해서는 최신 정보와 지식으로 날마다 '레벨 업'(level up) 시켜 나가야 한다. 단지 부모의 경험과 권위를 내세우며 아이들에게 일방적으로 가르치려고만 할 것이 아니라 아이들도 하나의 독립된 인격체로 인정하고 그들과 대등한 소통과 대화를 해나갈 수 있는 개방적인 환경을 만들어 나가야 한다. 이를 위해 부모들은 아이들과 눈높이를 맞출 필요가 있는데 사실 부모의 눈높이를 내리는 것이 아니라 올리는 것이다. 혹시라도 지금까지 살아온 인생의 경험자산만으로 아이들보다 더 우월한 시대경쟁력을 가지고 있다고 생각하면 큰 오산이다. 작금의 코로나 사태만 보더라도 우리와 같은 중년보다는 주니어들이 훨씬 잘 적응해 나가고 있지 않은가! 특히, 디지털 문화 적응 면에서는 그들이 우리보다 한참 선배다. 일례로 '줌(Zoom)'을 이용한 학습이나 화상회의 등만 보더라도 그들은 우리처럼 그렇게 어색하거나 불편하게 느끼지 않는다. 심지어 코로나 바이러스에 저항하는 생체 능력 면에서도 그들이 우리보다 우월하다. 그러므로 나는 '그들이 우리보다 낫다.'는 인식이 우리 눈높이의 시발점이 되어야 한다고 생각한다. 눈높이의 기본자세는 바로 상대에 대한 존중과 인정으로부터 출발한다.

나는 앞서 부모들이야말로 아이들에게 '든든한 정신적 물질적 후원자'라고 말한 바 있다. 그렇다면 정신적 후원자 역할이란 무엇일까? 아이들이 하고 싶은 일을 할 수 있도록 힘과 용기를 주고 자신감을 북돋아 주는 일 이외에 또 무엇이 있을까? 아마도 눈치 빠른 부모 독자들은 벤자민의 성공한 모습 중에서 한 가지 장면에서 적잖은 우려를 나타낼지도 모른다. 바로 그가 SNS를 통해서 자신의 부를(돈, 명품 시계, 스포츠카 등) 자랑하는 모습일 것이다. 성공한 10대들에게서 공통적으로 나타나는 모습 중의 하나가 바로 자신의 부(富)를 이처럼 공공연하게 뽐내고 싶어 한다는 것이다. 물론 그러한 행위 자체가 나쁘다고 할 수는 없다. 심리학적인 의미에서 그러한 행위는 오히려 자연스런 현상이기도 하다.

인본주의 심리학자로 유명한 매슬로우의 '인간 욕구 5단계 이론'(생리적 욕구-안전의 욕구-애정과 소속의 욕구-존경의 욕구-자아실현의 욕구)에 의하면, 인간은 누구나 타인들로부터 존경받거나 인정받고 싶은 욕구가 있다고 한다. 이 욕구는 4단계 상층부에 위치할 정도로 매우 강하다고 할 수 있는데 자신이 이룩한 성취(부, 명예, 권력, 인기 등)를 과시함으로 충족되기도 한다. 이러한 존경이나 인정의 욕구는 자칫 '영웅 심리'를 유발할 수도 있는데 '영웅본색'은 꼭 어른들에게서만 나타나는 것은 아니다. 오히려 아이들의 과시욕, 성취욕, 인정의 욕구, 영웅 심리가 어른들보다 더 강하게 나타날 수 있다. 왜냐하면 아이들은 어른들처럼 사회적 규범(체면, 겸손 등)에 익숙하지 않기 때문이다. 문제는 이런 영웅본색의 과시가 지속적으로 행해짐으로써 자칫 '성격적 일탈'이 일어날 가능성이 있다는 것이다. 그러므로 나는 지금이 벤자민의 부모가 정신적 후원자 역할을 수행해야할 때라고 말하고 싶다.

즉, 겸손과 절제의 미덕을 담은 인성교육을 해나갈 때라고 말이다. 한 가지 다행인 점은 그가 유대인 가정에서 태어나고 성장했다는 사실이다. 유대인의 가정교육은 신앙적으로 엄격하며 교육 수준이 높기로 유명하다. 모쪼록 벤자민이 이러한 가정교육과 신앙생활을 통해 습득된 인성과 절제를 바탕으로 더욱 훌륭한 사업가로 성장해 나가기를 바란다. 우리 부모 독자들도 자녀들의 든든한 정신적 후원자로서의 역할 연습을 지금부터 해나가도록 하자.

'맞춤 양말 왕', 브레넌 아그라노프(Brennan Agranoff)

브레넌은 13세 때 학교에서 농구 시합을 하다가 모든 아이가 똑같은 나이키 양말을 신고 있는 것을 보고 '사람마다 개성 있는 맞춤 양말을 프린트하면 어떨까?'라는 생각을 처음 하게 됐다고 한다. 이후 6개월 동안 그는 직물인쇄에 필요한 기계와 기술, 물류와 유통 등을 혼자 공부한 뒤 부모님에게 자신의 사업계획을 설명했다. 하지만, "그런 사업이 성공할 수 있겠느냐?"는 핀잔만 들었다. 그러나 그는 포기하지 않고 끈질기게 부모님을 설득한 끝에 3천 달러를 빌려 자신의 집 창고에서 사업을 시작했다.

여기서 우리가 알아야 할 점은, 마크 저커버그가 말한대로, '아이디어란 것은 처음부터 완성된 채로 나오지 않는다는 것이며, 그것은 실행하는 과정을 통해 명확해진다'는 사실이다. 그러므로 부모들은 아이들의 아이디어만 보지 말고 그 아이디어가 실행된다면 현실은 어떻게 변하게 될지 상상해 볼 수 있는 혜안을 갖기를 바란다. 다시 말해서 그 아이디어가 이 세상에 미칠 영향력을 보라는 것이다. 마크 저커버그가 학교 기숙사에서 페이스북을 만든 건 돈을 벌기 위해서가 아니라 '온 세계를 하나로 연결시키겠다.'는 원대한 꿈과 목적을 이루기 위해서였다.(비록 처음엔 재미로 시작했지만.)

후에 브레넌은 가족의 도움을 받아 디자인 인쇄를 위한 가열 프레스 기계를 설치하고 심지어 하얀색 양말을 대량으로 싸게 사들이기 위해 부모님을 스포츠용품 업체인 '딕스'의 회원으로 가입시키기도 했다. 그런 다음 소셜 미디어를 통해 자신이 디자인한 양말을 선보였는데 포틀랜드 공항의 카펫에서 영감을 얻은 디자인으로 만든 양말은 곧 큰 인기를 끌게 됐다고 한다.

이후 그는, 맞춤 양말 스타트업인 '훕스웨그'(HoopSwagg)를 설립하고 본격적으로 사업을 시작하게 되었다. 현재 훕스웨그 양말은 자체 웹사이트와 아마존닷컴, 이베이 등을 통해 한 켤레에 14.99달러(약 17,000원)에 판매된다. 하루에 70~100개 가량의 주문을 받아 직접 우편 배송까지 하고 있다. 현재 고등학생이기도 한 그는 학교에 다녀와 숙제를 마친 뒤 자신의 양말 공장에서 하루 6시간 일하며 연간 100만 달러의 매출을 올리고 있다. 나아가 그는 경쟁사인 더삭게임(TheSackgame.com)을 인수해 이제 300가지 이상의 디자인을 확보할 수 있게 되었다고 한다. 그는 친구들을 향해 "온라인에

'맞춤 양말'을 홍보하는 브레넌

무수하게 많은 정보가 있다. 어린 나이에도 성공할 수 있으니 도전하라"고 조언한다.

이제 브레넌의 성공과정을 한번 조망해 보기로 하자. 그의 사업 아이템은 바로 획일적인 스포츠 양말에 대한 문제의식으로부터 떠올랐다. 즉, '왜 모두가 똑같은 양말을 신어야만 하지?'라는 것이었다.

나는 92년부터 테니스를 해왔는데 그때의 운동 복장은 한 마디로, 'All white'였다. 옷깃이 있는 흰 티셔츠, 흰 반바지, 흰 운동화, 심지어 양말까지도 회사 로고만 다른 흰 양말이었다. 특히 흰색 양말은 때도 잘 타고 한번 물들면 잘 지워지지도 않아 관리와 세탁에 불편한 점도 있었지만 모두가 그렇게 신는 탓에 흰색 양말 착용에 불평하진 않았다.(또한 모든 양말이 비슷비슷해서 세탁 후, 짝 맞추기도 쉽지 않았다.) 하지만 개성과 감성을 중시하는 밀레니엄 시대가 도래하면서 '화이트 일색'이었던 운동 양말에 다양한 컬러와 디자인이 가미된 소위 '패셔너블 양말'이 등장하기 시작했다. 일례로 세계적인 미국 테니스 스타 세레나 윌리엄스는 2018 프랑스 오픈 여자 단식에서 검은색 전신 캣슈트(catsuit)를 입고 나와 화제가 되었다. 물론 그녀가 착용했던 양말 색깔도 '블랙'이었는데 당시 프랑스 테니스연맹(FFT)에서는 그녀의 '좀 튀는' 복장 착용을 금지하는 결정을 내린 바 있다. 최근 ATP 투어 경기를 보면 여전히 전통복장을 고수하는 선수들도 있는 반면, 컬러풀한 복장(양말 포함)을 한 선수들도 적지 않다. 다양성의 측면에서 나는 이러한 모습도 나쁘지는 않다고 생각한다. 화이트 단색의 심플한 아름다움뿐만 아니라 다채로운 색과 디자인의 앙상블도 볼만하며 또한 관전자들의 눈을 즐겁게 한다. 브레넌이 칭찬받을 일이 바로 이것인데 그가 다양성에 관한 우리의 욕구와 미덕의 가치를 새삼 일깨워주었기 때문이다.

나는 몇몇 사람들이 스포츠 용품 매장에서 양말을 고를 때 '좀 색다른 양말은 없나?'라며 기존의 밋밋한 양말에 식상함을 느끼며 투덜거렸을 법하다고 생각한다. 그러나 그들의 생각은 그때뿐이었다. 그들은 곧 매장에서 제공하는 '선택의 여지가 별로 없는' 예전의 양말들을 다시 사서 신게 된 것이다. 하지만 브레넌은 달랐다. 기존의 획일성과 진부함을 거부하고 참신한 개성과 다양성으로 맞선 것이다. 마크 저커버그가 말한 대로 "모두가 원하지만 아무도 하지 않은 일에 도전"한 것이다. 그는, 화이트 단색에 회사 로고가 전부였던 양말에 다채로운 색깔과 독특한 디자인을 가미함으로써 기존의 획일적이고도 진부했던 양말에 새로운 활력을 불어넣었다. 나아가 매장 중심의 판매시스템을 이제는 고객 중심의 구매시스템으로 바꿈으로써, 매장에서 제공하는 양말만을 사서 신던 '수동 방식'에서 고객들이 원하는 양말을 직접 주문해서 신을 수 있는 '능동 방식'으로 전환시켰다. 이제 우리는, 브레넌 덕택으로, 양복뿐만 아니라 양말도 '맞춤으로' 신게 된 시대를 살게 되었다.

또 하나 칭찬할 만한 것은 자신의 핸디캡을 이겨내고 사업을 성공적으로 이끌었다는 점이다. 미 CNN 방송은 "17명의 파트 타임 직원들과 하루 평균 6시간가량 일을 하는 이 고등학생은 자신이 창업한 회사의 유일한 그래픽 디자이너지만, 그는 사실 색맹(色盲)"이라고 전한 바 있다. 그의 맞춤 양말의 강점 중의 하나가 바로 다양한 컬러의 배합인데 색맹인 그는 고객이 원하는 색의 요구에 적잖은 곤란을 겪을 수도 있다. 색맹인 사람은 청색과 노란색을 구별할수 없으며 청색을 짙은 녹색으로, 노란색을 옅은 적색으로 인식하게 되는데(제3 색각이상) 이런 경우 만약 고객이 말없이 손끝으로 노란색을 지적할 때 그는 이것을 옅은 적색으로 착각할 수도 있다. 아마도 그의 컬러 샘플 북에는 모든 색의 이름이 적혀있을 것이다.

　나는 개인의 성장에 있어서 자신의 장점(강점)을 발전시켜 나갈 때보다, 자신의 약점을 노력으로 극복할 때 성장 속도가 더욱 빠르다고 생각한다. 일본의 전설적인 기업가인 마쓰시다 고노스케는 자신이 성공하게 된 비결이 무엇이었냐고 물었던 직원에게 그것은 자신이 하늘로부터 세 가지 큰 은혜를 입고 태어났기 때문이라고 말했다. 그 은혜란 것은 바로 자신이 '가난한 것', '허약한 것', 그리고 '못 배운 것'이라고 하였다. 뜻밖의 말에 놀란 직원을 보며 그는 말하기를, "나는 가난한 가정에서 태어났기 때문에 부지런히 일하지 않고는 잘살 수 없다는 진리를 깨달았고, 약하게 태어났기에 건강에 대한 소중함을 일찍 깨달아 몸을 아끼고 건강에 힘써 90이 넘은 지금에도 30대의 건강을 유지하면서 추운 겨울에도 냉수 목욕을 하고 있으며, 초등학교 4학년을 중퇴했기 때문에 항상 이 세상 사람들을 나의 스승으로 받들어 배우는 데 노력하여 많은 지식과 상식을 얻을 수가 있었지. 이것들이 오늘의 나를 있게 하였다네."라고 하였다.

이처럼 성공한 사람들은 자신의 약점을 한탄하기보다는 오히려 그것을 성공의 자양분으로 삼는 기질을 가지고 있다. 미카엘라 역시 그러한데 그녀는 '벌'에 대한 두려움을 '벌꿀 레모네이드' 사업으로 훌륭하게 극복하였다. 하지만 이 같은 일이 말처럼 쉬운 것은 아니다. 성공한 사람이 일반인들과 다른 점 중 하나는 대체로 '멘탈이 강하다'는 것이다. '멘탈이 강하다'는 말은 '정신적으로 맷집이 좋다'는 말과 상통하는데 그들은 보통 사람들과는 달리, 역경과 고난이라는 강펀치를 맞아도 좀처럼 쓰러지지 않는다. 이들은 맞으면서 버티다가 기회가 오면 드디어 '결정적 한 방'을 날림으로 결국은 승리로 장식한다. 멘탈을 강하게 하는 방법은 어떤 불리한 상황 속에서도 결코 자신감을 잃지 않는 것이다. 브레넌은 방송과의 인터뷰에서 "자신감이야말로 사업 성공의 열쇠"라고 말했는데 이 말은 역설적으로 그가 그의 사업을 키우기까지 적잖은 어려움들로 인해 자신감이 떨어질 때도 있었음을 암시하는 것이다. 그는 사업과 관련된 전문교육을 전혀 받지 않고 오로지 독학으로 사업 아이템을 개발해야 했다. 그리고 그의 사업을 처음부터 탐탁하게 여기지 않은 아버지를 끈질기게 설득한 후에 사업자금을 빌렸다. 창업 후에 판로를 개척하기까지 적잖은 역경들을 헤쳐나가면서 번번이 내려앉는 자신감을 곧추세워야만 했다. 브레넌의 아버지의 경우를 보면, 부모라고 해서 자식의 재능과 발전가능성을 알아볼 수 있는 것은 아니며, 오히려 자녀의 꿈의 날개를 꺾는 실수를 범할 가능성도 있다는 것을 알게 된다. 이런 의미에서 나는 부모들에게 '우리들이 보고 생각하는 것과 자식들이 보고 생각하는 것은 다르며, 무엇보다 우리는 이 다름을 인정해야 한다'고 말하고 싶다.

좀 더 원색적으로 말하자면, 우리와 아이들은 '돈 냄새'를 맡는 후각 자체가 다르다. 나는 테니스를 그렇게 오래 쳐왔어도 패션 양말로 돈을 벌 수 있을 것이라곤 상상조차 못했지만, 브레넌은 모두가 똑같이 신고 있는 양말 속에서 '돈 냄새'를 맡았던 것이다. 이처럼 아이들은 사물과 현상에 대한 관찰 및 직관 능력이 뛰어날 뿐만 아니라, 사물과 현상을 수익 창출로 연결시키는 네트워크 능력도 갖추고 있다. 이제는 아이들도 이른 나이에 성공대열에 합류해서 명함을 내밀 수 있게 된 것이다.

나는 우리나라 청소년들의 창업률이 외국에 비해 상대적으로 낮은 이유 중의 하나가, 부모나 사회가 이 '다름'에 대한 인식을 거북해하거나 인색하게 여기는 경향 때문이라고 생각한다. 만약 우리의 자녀가 우리가 살아왔던 삶을 그대로 이어 산다고 생각해 보자. 나는 부모의 한 사람으로 부끄럽지 않은 삶을 살아왔다고 생각하지만 그렇다고 나와 같은 삶을 자식들이 살아가는 것을 원하지는 않는다. 나는 나의 두 아들이 나와는 다른 삶을 살아가기를 진심으로 바란다. 물론 부모 입장에서는 그들의 선택과 계획에 허점도 많고 의욕만 앞선 것으로 보일 수 있다. 그대로 가다가는 어떤 결과가 초래될지 빤히 보인다 해도 그들이 겪을 시행착오를 막아서는 안 된다. '실패는 성공의 어머니'라는 말도 있지 않은가! 혹시라도 부모의 예상대로 아이들이 추진한 일이 잘되지 않았다고 해서 "내 그럴 줄 알았다. 내가 뭐라고 했니? 그건 안 된다고 했잖아!"라고 그들의 무모함을 책망하면서 자존감을 떨어뜨리는 부모가 되지 말자. '실패는 다시 할 수 있는 기회'라는 헨리 포드의 말처럼 또 도전할 수 있도록 격려하고 지지해 주는 것이 부모의 역할 중 하나이다.

아이들이 우리보다 성공가능성이 높은 이유 중의 하나는 실패해 본 적이 별로 없기에 실패를 두려워하지 않는다는 점이다. 반대로 우리 어른들이 될 수 있으면 '안전빵'으로 가고자 하는 이유는 무엇인가? 그것은 인생의 쓴잔을 많이 마셔봐서 실패를 두려워하기 때문이다. 그러나 실패를 두려워해선 성공할 수 없다. J.K.롤링은 해리 포터를 다 쓰고 출간하기까지 출판사로부터 12번이나 거절을 당했으며, 세계 1위 인터넷 기업 알리바바를 설립한 마윈도 하버드 대에 10번 지원해서 모두 떨어졌으며, 에디슨 역시 전구를 발명하기까지 실패와 낙담을 수없이 반복했다. 마크 저커버그 역시 수차례의 실패를 겪고 나서 이렇게 말했다.

"위대한 성공은 실패의 자유에서 기인합니다."

(The great successes come from having the freedom to fail.)

그렇다고 내가 '실패는 젊음의 특권이니 실패하도록 놔두자!' 라고 말하려는 것은 아니다. 최선을 다하고도 실패한 것은 다음번의 성공을 위한 밑거름이 되겠지만, 치밀한 계획과 준비 없이 그저 무모하게 덤벼들어 실패한 것은 경솔함 그 자체이기 때문이다. 나는 실패에도 때가 있다고 생각한다. 나이가 들어갈수록 실패할 가능성도 줄어든다. 왜냐하면 점점 새로운 일에 도전하지 않기 때문이다. 오히려 실패보다는 실수를 많이 하게 되는데, 때론 실수해서 창피함을 당하는 것보다는 무엇인가 새로운 일에 도전해서 실패한 것이 더 그리울 때가 있다. 내가 처음 유튜브 방송을 하고 나서 주위로부터 혹독한 피드백을 받았을 때도, 그리고 조회 수가 형편없었을 때도 내가 낙심하지 않았던 것은 내가 지금껏 해 보지 않았던 일을 하고 있다는 자부심 때문이었다. 그러니 아이들이 하는 일에 너무 걱정하지 말자. 그들이 가는 길과 우리가 가는 길은 다르다. 만약 브레넌의 아버지가 지원을 일절 해주지 않음으로 브레넌이 원하던 일을 포기할 수밖에 없었더라면, 브레넌은 결코 이 책의 등장인물이 되지 못했을 것이다.

우리 부모들도 생각을 바꿀 필요가 있다. '내리사랑'이란 의미에서 무작정 아이들을 뒷바라지하는 것이 부모의 도리라고 생각하기보다, 그들의 성공적인 미래를 위해 투자한다는 기업가적 사고로 전환해야 한다. 자식에게 부모는 든든하고 확실한 투자자요, 부모에게 자식은 최고의 투자처다. 그러므로 자녀들도 부모의 도움을 처음부터 받지 못한다고 해서 쉽게 포기하거나 부모를 원망할 것이 아니라, 브레넌처럼 부모를 설득하고 이해시켜서 원하는 바를 얻어 내는 노력과 자세가 필요하다. 부모의 도움 없이 10대들이 성공하기란 그야말로 '낙타가 바늘귀를 들어가는 것'만큼이나 어렵다.

고등학교를 남들보다 6개월 빨리 졸업하게 될 그도 당분간 대학에 진학하지 않고 사업에 전념할 생각이라고 밝혔다. 그는 "양말뿐 아니라, 신발 끈, 넥타이, 팔 슬리브 등의 다른 제품으로도 맞춤 제작 사업을 확장하고 있다"고 덧붙였다. 그는 어느덧 야심 찬 사업가가 된 듯 보인다.

끝으로, 브레넌의 경우를 보노라면 '하늘은 스스로 돕는 자를 돕는다'는 말이 생각난다. 그는 사업에 필요한 모든 지식과 기술들을 독학으로 마스터했으며, 색맹의 핸디캡을 극복하고 그 분야에서 훌륭한 그래픽 디자이너가 되었다. 이제는 17명의 직원을 둔 어엿한 회사 오너이자 경영인으로서의 삶을 성실히 살아가고 있다. 브레넌의 사례를 통해 여기서 부모들과 자녀들이 알아야 할 사실은, 역시 자신의 전 인생(whole life)을 이끌고 갈 힘은 '자기 안으로부터' 나온다는 사실이다. 그리고 이 힘은 부단한 '도전과 응전'(challenge and response)을 통해 정신적으로 육체적으로 점점 성숙해지고 강해질 때 비로써 창출되는 것이다. 그러므로 부모들은 아이들에 대한 지나친 간섭과 개입이 오히려 아이들 자신의 삶을 이끌어갈 자생력을 제한할 수도 있다는 점을 잊어서는 안 된다.

나는 우리나라 자녀들의 '심리적 이유(離乳)'의 때가 서구보다는 다소 늦은 감이 있다고 생각한다.(미국에서 살고 계신 누님이 한국에 나올 때마다 지적하는 것이 바로 이 문제다.) 즉, 부모로부터 심리적 자유를 얻게 되는 자녀의 독립기가 늦다는 말이다. 10대 청춘들 역시 부모에 대한 많은 기대와 도움이 오히려 자신의 잠재능력을 잠식하는 '독'(毒)이 될 수도 있다는 점을 명심해야 한다. 또한 '금수저' 또래들을 부러워할 필요도 없다. 말 그대로, '부러워하면 지는 것'이다. 자꾸 그들을 부러워한다면 자존감은 떨어지고, 그들처럼 못 해주는 부모를 원망하게 됨으로써 자칫 열등감에 빠지기 쉽다. 그러나 '금수저' 또래들이 부모의 후광으로 성공적인 인생을 향한 스타트가 조금 앞선다 해도 결과를 알기에는 아직도 많은 시간이 남아있다. 토끼든 거북이든 도중에 잠자지 않고 피니쉬 라인을 통과하는 자가 승리자인 것이다. 또한 부모의 후광으로 일찍 성공 라인에 올랐다 하더라도 그들 역시 겪을 것은 겪어야 한다. 자수성가한 사람들이 어떻게 그들이 쌓은 부와 명성을 이어가겠는가? 그들은 성공과정을 거치면서 물질적 자산뿐만 아니라 겸손과 신용의 미덕, 불굴의 투지와 용기, 도전정신과 위기관리능력 등 정신적인 자산도 아울러 쟁취했기 때문이다. 이러한 정신적 자산은 오직 수많은 역경과 어려움을 스스로 감내하면서 얻어진 값진 자산이다. 그리고 이 정신적 자산은 후에 나의 물질적 자산을 지키는 든든한 수호천사가 되기도 한다. 그러므로 성공적인 삶을 살기 원하는 10대들이여! 먼저는 물질적 가치보다 자신의 내면의 가치에 주목하고 자신을 만들어나가는 일을 게을리하지 말기를 바란다.

이 책에 등장하는 성공한 10대 중에서 몇몇을 제외하고는 거의 대부분이 자력(自力)으로 성공한 자들이다. 그럼에도 요즘의 아이들이나 젊은 세대들은 부모의 도움을 받는 것을(혹은 부모가 자식을 도와주는 것을) 당연한 것으로 생각하는 경향이 있는데, 이는 바람직한 생각과 태도가 아니라고 생각한다. 내가 아는 지인 중 한 분은 두 아들을 결혼시키기 위해 자신이 사는 집을 처분하면서까지(집 평수를 줄여가면서) 그들을 도와줬다고 한다. 물론 작금의 사회경제적 현실을 감안하면 부모의 도움이 절실한 면도 없지 않으나, 도움을 받지 못한다고 해서 부모를 원망할 일은 아니라는 것이다. 그러므로 부모 도움 없이 성공적인 삶을 살기 위해서는 자신의 재능과 잠재능력이 무엇인지를 인식한 후, 자신의 진로를 조기에 결정하고 남들보다 더 빨리 뛰고 달려야 한다는 것이다. 앞에서 살펴보았던 벤저민처럼 말이다.

흔히 요즘 세대를 'N포세대'라고 한다. 삼포(연애, 결혼, 출산), 오포(삼포+집과 경력), 칠포(오포+인간관계와 희망)도 모자라 이제는 N가지를 포기한 세대라는 것이다. 물론 그들이 인생의 값진 가치들을 포기하며 살아가게 된 것이 그들만의 잘못이 아니라는 것을 잘 안다. 아울러 후대에 좋은 유산을 물려주지 못한 것에 대한 기성세대로서의 미안함과 책임감도 통감한다. 그럼에도 코로나 시대를 맞아 앞으로도 그들의 처지와 상황은 좀처럼 나아지지 않을 것이라 말하는 것은 정말 괴로운 일이다.

　나 역시 피아노를 전공한 둘째가 대형화물트럭 운전기사가 되어 돈을 벌겠다는 말을 들을 때마다 가슴이 답답하고 우울해진다. 부모의 능력 부족으로 자식이 자신의 재능을 포기하는 것을 지켜보는 부모의 심정만큼 통렬한 것은 없다. 하지만 언제까지 '남 탓'(국가, 사회, 부모)만 하고 살 수는 없는 일 아닌가! 그러므로 N포세대가 되지 않기 위해서는 지금부터 생각과 방법을 달리해야 한다. 내가 제시하는 한 가지는 이것이다. 곧 '자신의 재능과 능력이 무엇인지를 알고 자기가 좋아하는 일을 일찍부터 시작하라!'는 것이다. 지금까지 살면서 가장 많이 들었던 칭찬의 말은 무엇인가? 당신의 가슴을 뛰게 하는 그 일은 무엇인가? 이제 제 2의 브래넌이 되어 자신의 또래 친구들에게 도전의식과 영감(靈感)을 심어주고, 실의에 찬 젊은 청춘들에게 희망과 용기를 줌으로써 대한민국을 이끌어 갈, 지금 이 글을 읽고 있는 '젊은 그대'를 응원한다.

'응급키트' 자판기로 대박 난
테일러 로젠탈(Taylor Rosenthal)

야구를 좋아하는 평범한 소년이 뉴스 기사에 실린 것은 뜻밖의 아이디어 때문이었다. 교내 야구선수를 할 정도로 야구광이었던 로젠탈은 경기 때마다 안타까운 장면을 자주 목격했다. 경기 도중 아이들이 자주 다쳤는데, 그들을 응급 처치할 구급약품을 쉽게 구하지 못해 쩔쩔매는 부모들의 모습을 보았던 것이다. 이런 안타까운 상황은 로젠탈이 여러 종류의 응급처치 용품을 자판기에서 판매하는 사업 아이디어를 떠올리는 계기가 됐다. 14세의 어린 나이에 시작한 사업이었지만 그의 아이디어를 사겠다며 자그마치 350억 원을 제시한 기업도 있었다. 하지만 로젠탈은 눈앞의 이익보다 자신의 꿈과 비전을 위해서 그 제안을 과감하게 거절했다. 이에 '350억 보다는 꿈을 택한 14세 소년의 무한도전'이라는 타이틀로 그는 더

응급키트 자판기 옆의 테일러

다양한 응급처치 용품들

욱 유명해졌다.

　브레넌의 경우와 마찬가지로 그도 아이디어 하나로 억만장자의 대열에 합류하게 되었는데, 사실 그의 아이디어는 특별하다거나 놀랄만한 것은 아니었다. 자동판매기 사업은 우리에게 익숙한 사업 아이템 중의 하나이다. 자판기 사업의 장점은, 나이가 어려도 얼마든지 소자본으로 시작할 수 있는 분야라는 점과 24시간 판매가능하고 인건비나 임대료 등 운영비용이 적게 든다는 점이다. 그러므로 톡톡 튀는 아이디어만 있다면 언제고 도전해볼 만한 사업 아이템이다. 예를 들어 SPA 브랜드 유니클로는 지난 8월부터 미국 내 오클랜드 공항, 뉴욕 등 10개 도시의 공항 및 쇼핑몰에 '옷 자판기'를 선보였다. 제품의 종류는 딱 두 가지로 인기 제품인 히트텍 티셔츠와 휴대 가능한 다운재킷뿐이다. 선택의 폭이 넓진 않아도 회사 측에서는 '급하게 옷이 필요한 고객들에게 온종일 판매할 수 있다'면서 밝은 미래를 전망한 바 있다. 옷이 마음에 안 들거나 치수가 안 맞는다면 우편을 통해 반품할 수도 있다. 또한 자판기에서 사과도 팔 수 있다. 청송군과 청송사과유통공사는 2015년 7월부터 낱개로 포장된 사과자판기를 경북 주왕산 국립공원 입구에 설치했는데 등산객들에게 인기가 높다고 한다.(산 정상에서 사과 먹는 맛도 괜찮다.) 이 밖에도 500원 동전을 넣으면 고민과 걱정을 호소하는 청소년들에게 도움말이 담긴 선물상자가 나오는 '조언 자판기', 신선한 샐러드를 즉시 먹을 수 있는 '샐러드 자판기' 등 그야말로 자판기 사업 아이템은 무궁무진하다. 청소년 여러분들도 코로나 시대에 유용한 반짝 아이디어만 있으면 한 번쯤 도전해 볼 만한 사업이다.

모르긴 몰라도 자판기가 등장한 이후 응급처치키트를 파는 자판기를 머릿속에 떠올린 사람도 없진 않았을 것이다. 하지만 그들은 생각에만 그쳤고 이를 실제 개발하여 상용화하지는 못했다. 하지만 이 약관의 14세 소년은 그 생각을 실체로 만들었다. 어른들도 하지 못한 일을 그가 해낸 것이다. 그렇다면 똑같은 아이디어를 가졌음에도 어른들은 하지 못하고 테일러는 하게 된 동인(動因)은 무엇일까? 그것은 그 자판기 사업에 대한 생각의 차이에 있었다고 생각한다. 즉, 어른들은 그 자판기 사업의 목적을 영리에 두었기에 수지타산이 맞지 않음으로 인해 구상만 하고 묻어 둔 반면, 테일러는 경기 중에 다친 동료들과 그들을 안쓰러워하는 부모들의 마음을 헤아렸기에 그들을 도와야겠다는 목적과 신념을 가지고 그 사업을 추진할 수 있었다. 다시 말해서 그는 그 사업을 단지 돈을 벌기 위해서가 아니라 사람들의 고충을 해결해 주겠다는 마음으로 시작한 것이었다. 이러한 마음가짐이 있었기 때문에 로젠탈은 사명감을 가지고 열정적으로 자신의 사업을 펼쳐나갈 수 있었다.

그렇지만 로젠탈이 처음부터 이 응급 키트 자판기 사업을 추진한 것은 아니었다. 그의 초기 아이디어는 스포츠 이벤트가 열릴 때마다 구급용품을 판매하는 '팝업 스토어'(짧은 기간만 운영하는 상점)의 형태였는데 임대료, 인건비 등 현실적인 문제에 부딪혀 포기할 뻔하다가 다른 대안을 고민하던 중 나온 것이 바로 이 자판기 사업이었다. 그는 응급 키트의 발전가능성에 대해 조언해준 부모의 말을 듣고 즉시 사업특허를 내고는 부상 당한 선수들을 즉시 치료할 수 있는 응급 키트 자판기를 만들어 경기장마다 설치했다. 이후 야구 경기장뿐만 아니라 축구장, 컨벤션 센터, 미국 전국의 놀이공원에서도 자판기를 구매하겠다는 요청이 들어오면서 그의 사업은 급성장하게 되었다.

로젠탈의 성공에는 우리가 음미할 만한 몇 가지 요인들이 있다. 첫 번째 요인은 그의 사업 구상에서 찾아볼 수 있다. 살펴본 바와 같이, 그는 야구장에서 경기 도중 다친 아이들을 응급 처치할 구급 약품을 구하지 못해 쩔쩔매는 부모들의 안타까운 모습을 보고 사업 아이템을 정했다. 한마디로 남의 고통과 애로(崖路)를 불쌍히 여기는 '측은지심(惻隱之心)'의 발동이 그의 사업 동기가 된 셈이다. 결과적으로 그는 엄청난 돈을 벌게 되었지만, 적어도 그가 사업을 시작한 계기가 남을 위하는 마음으로부터 출발했다는 것은 의미가 깊다. 이러한 의미에서 나는 로젠탈과 같은 따뜻한 인성을 갖추는 것이 무엇보다 사업가가 가져야 할 기본 자질 중의 하나라고 말하고 싶다.

〈인재 혁명〉의 저자 조벽 교수는 아이들이 성공할 수 있는 조건으로 '창의력', '지구력'과 더불어 '인성'을 말하였는데 특히 인성에 우리가 주목할 필요가 있다. 우리는 가끔 '착하게 살면 손해 본다'는 말을 듣곤 한다. 아마도 그 착함을 이용하여 누군가는 이득을 보고 자신은 손해를 본 경험이 있었기 때문일 것이다. 그래서 혹자는 이제부터는 바보처럼 당하지 않고 나도 '독(毒)'하게 살겠다며 착한 마음을 접기로 마음먹을 수도 있다. 하지만 난 그에게 '끝까지 착하고 선한 마음을 포기하지 말고 계속 그렇게 살라!'고 말할 것이다. 언젠가는 그 착한 마음이 그를 성공의 길로 안내할 전령(傳令)이 될 것이기 때문이다. 이에 관한 한 가지 사례를 살펴보기로 하자.

비바람이 몰아치던 어느 늦은 밤 미국 필라델피아의 한 작은 호텔에 노부부가 들어왔다. 그런데 그 호텔에는 방이 없고 다른 호텔도 알아보니 역시 방이 없었다. 사정이 딱해 보인 그 노부부에게 그 호텔 직원은 다른 곳으로 가라고 할 수 없어 자신의 방을 내어주고 자신은 의자에서 잠을 잤다. 그의 호의를 잊지 못한 노부부는 2년이 지난 어느 날 뉴욕행 항공권과 초대장을 그에게 보내게 된다. 휴가를 내고 초대한 곳으로 가게 된 그에게 노부부는 새로 지은 웅장한 호텔 앞에서 그를 반기며 그에게 호텔경영권을 선물했다고 한다. 그 후 그는 노부부의 딸과 결혼까지 하게 되었고 미국의 호텔 재벌이 되었다고 한다.

미국의 최고급 호텔 월도프 아스토리아의 사장이 된 조지 볼트(George Boldt)의 이야기다. 이 이야기에 따르면 남에게 친절한 성격이나 남을 배려하는 성격은 그저 대인관계를 좋게 만드는 일종의 미덕으로 그치는 것만은 아닌 것 같다. 오히려 성공하는 데 꼭 필요한 '잠재적 성공 자산'이란 생각이 든다. 그러므로 나는 부모들에게 '내 아이들을 훌륭한 인재로 키우고 싶다면 무엇보다 좋은 인성을 심어주는 일을 먼저 하라'고 조언하고 싶다. 좋은 인성은 그저 하나의 덕목에서 끝나는 것이 아니라, 위의 사례처럼, 어느 순간 성공의 기회를 물어다 주는 '행운의 여신'이 될 수도 있기 때문이다. 나아가 이 좋은 인성은 후에 성공적인 삶을 지키는 보디가드가 되기도 한다. 우리가 '땅콩 회항' 사건을 기억하거니와 올바른 인성을 갖지 못하고 상대방을 무시하는 교만한 마음과 남을 함부로 대하는 갑질 성격을 갖게 되면 성공했다 하더라도 한순간에 나락으로 떨어질 수 있다.

두 번째 요인은, 위에서 살펴보았듯이, 미카엘라, 벤저민 그리고 브레넌과는 달리 로젠탈은 영리성이 아닌 공익성을 기반으로 사업을 시작했다는 것이다. 영화로 비유하자면, 흥행성(수익성)보다는 작품성(공익성)에 초점을 맞췄지만 결과적으로 두 마리 토끼를 모두 잡은 셈이 되었다. 이로 인해 수익 규모도 물론 앞의 세 사람보다 훨씬 컸다. 로젠탈의 사례를 통해 내가 말하고 싶은 것은 공익에 기여할 수 있는 아이디어도 좋은 사업 아이템이 될 수도 있다는 사실이다. 이러한 의미에서 아이들의 자원봉사활동에 대해서도 아이들과 그것의 사업 가치를 한번 논의해 볼 필요가 있다. 자원봉사기본

법(2016년 시행)에 따르면, '자원봉사활동에 관한 기본적인 사항을 규정함으로써 자원봉사활동을 진흥하고 행복한 공동체 건설에 이바지함을 목적으로 한다'고 명시돼 있는데 자원봉사활동의 목적이 기본적으로 공익성에 기초하고 있음을 알 수 있다. 자원봉사활동의 분야도 사회복지 및 보건 증진에 관한 활동, 환경보전 및 자연보호에 관한 활동, 사회적 취약계층의 권익 증진 및 청소년의 육성·보호에 관한 활동, 문화·관광·예술 및 체육 진흥에 관한 활동 등 광범위하다. 물론 아이들이 모든 활동에 참여할 수 있는 것은 아니지만 아이들이 할 수 있는 자원봉사활동에 대해서도 우리가 로젠탈처럼 기업가적 마인드를 가지고 접근하다 보면 의외의 성과가 나올 수도 있다고 생각한다. 그러니 부모들도 아이들의 봉사활동에 관해 관심을 가지고 아이들과 진지하게 대화나 토론을 해 보기를 권장한다. 아이들도 해왔던 봉사활동에 어떤 문제점과 개선점이 있는지를 한번 생각해 보고 그것들을 해결할 수 있는 비즈니스 아이템을 한번 구상해 보는 것도 좋은 듯싶다. 예를 들어 '벽화봉사활동'을 통해 축적된 전문성과 노하우를 가지고 이를 비즈니스化 하는 것도 하나의 방법이라 생각한다.

세 번째 요인은 앞서 살펴보았던 어린 인재들을 육성하기 위한 국가-기업-학교 간의 전략적 협력 및 지원계획이 필요한 때라는 것이다. 로젠탈은 이 응급처치 용품 자판기 아이디어를 12세 때인 2014년 교내 청소년 창업 수업에서 구상했다고 한다. 나도 작년 한

해 중학생들을 대상으로 '진로비전강의'를 한 적이 있었는데 강의 내용 중에는 4차 산업혁명 시대의 도래에 따라 앞으로 해 보고 싶은 일들을 팀 단위로 B4 용지에 그리고 써보게 하였다. 주인이 없을 때, 그를 대신해 애완동물(개나 고양이 등)들과 놀아 줄 인공지능 로봇 개발자, 옛날 문화를 VR(Virtual reality, 가상현실)을 통해 직접 체험할 수 있게 도와주는 VR 가상문화 체험 가이드, AI 번역기를 통해 동물의 언어나 표정을 읽고 주인에게 그 뜻을 알려주어 서로 소통할 수 있도록 도와주는 AI동물언어통역가 등 정말 기발한 아이디어들이 많이 나왔는데 난 그때 확실히 알게 되었다. 아이들의 머릿속이야말로 '아이디어 보물창고'이며 그들이야말로 미래의 '미다스의 손'이 될 것이라고. 이러한 의미에서 나는 국가나 기업들도 여기에 주목해 주기를 바란다. 즉, 아이들의 창의력을 전략적으로 개발하여 그들의 창의적인 아이디어를 사업아이템化 함으로써 거시적 차원에서 국가경쟁력을 높이는 것이다. 로젠탈의 사업 가치는 우리나라의 웬만한 중소기업의 가치를 상회할 정도이다. 이를 위해 우리도 미국처럼 청소년 창업 수업을 보다 활성화시켜 나갈 필요가 있다. 그저 한두 번의 초청 강사 특강이나 특정 직업현장들을 방문, 견학하는 정도로 끝나는 것이 아니라 국가나 기업주도하에 지속적이고도 실질적인 청소년 스타트업 프로그램들을 만들어 나가야 한다. 그럼으로써 수많은 잠재 인재들과 창의적인 사업 아이템을 발굴하고 개발하여 국가발전을 도모해 나가는 것이다. 이러한 의미에서 기존의 취업박람회를 다변화하여 아이들을 대상으로 하는 청소년 전문 취업박람회도 생각해 볼 필요가 있다고 생각한다. 이를 통해 아이들의 잠재된 기업가적 재능들을 조기에 발굴하고, 개발함으로 개인뿐만 아니라 기업, 국가 모두 성장할 수 있는 기반을 마련하는 것이다. 그저 단기 소모성 일자리 창출에만 천문학적 국가재정을 쏟아부을 것이 아니라 미래지향적 차원에서 '청소년 기업가 육성'에도 국가 예산을 과감하게 지원해야 한다고 생각한다. 나는 미래지향적인 의미에서 국가나 기업의 성장 동력도 여기서 찾아야 한다고 말하고 싶다. 상상해 보라. 미카엘라나 브레넌, 그리고 로젠탈이 10년, 20년 후 더욱 훌륭한 사업가가 되어 이 세계에 미칠 그들의 영향력을. 앞으로 계속 보게 될 것이겠지만, 요즘의 아이들은 과거에 우리가 생각하는 철부지 아이들이 아니다. 장 꼭또의 표현대로, 한 마디로, '무서운 아이들'(Les Enfants terribles)이다. 따라서 우리도 아이들을 바라보는 관점을 좀 바꿀 필요가 있는데 그들을 단지 어리다고만 생각할 것이 아니라 그들이 가지고 있는 창의성과 잠재능력을 봐야 한다. 나이가 어리다고 해서 그들의 생각마저 어린 것은 결코 아니다. 이런 의미에서 나는 이젠 청소년들도 산업전선에 투입해도 될 때가 왔다고 생각한다.

혹자는 아이들도 산업전선으로 내보내자는 내 생각에 '그것은 좀 심하다고 생각하며 아이는 아이답게 키워야 한다'고 반론을 제기할 수도 있을 것이다. 나도 그러한 반론에 이의를 제기할 생각은 없다. 이 책에 등장하는 대부분의 성공한 아이들은 그들 스스로 사업가의 길로 들어선 것이지 부모나 주변의 강요로 그리된 것은 아니다.(3장에 등장하는 6살 유튜버 이보람의 '보람 튜브'는 좀 예외라고 볼 수 있다.) 오히려 그러한 길로 가는 것을 막는 부모가 있었다. 내가 하고 싶은 말은 아이들에게 사업가의 길로 가라고 강요할 필요도 없지만 아이들이 가고자 하는 그 길 역시 굳이 막을 이유는 없다는 것이다. 우리는 언제나 아이들이 선택할 수 있도록 자유를 주고 존중과 지지를 보내 줄 필요가 있다. 물론, 그들이 어린 나이에도 불구하고 기업가적 재능과 능력을 발휘한다고 해서 어른으로 그 지위나 위치가 승격(?)되는 것은 아니다. 그들은 여전히 정신적으로 육체적으로 성장단계에 놓여 있기에 부모의 역할 또한 더욱 중요하다는 것이다. 아마도 그들은 사업을 하면서 어른들의 세계에 대해 또래의 아이들보다는 훨씬 빠르고 많은 것을 배우고 체득하게 될 것이다. 자칫, 소중한 청소년 시절을 건너뛸 수도 있을지 모른다. 어른 세계를 맛본 아이들은 그들의 또래 문화가 시시해 보일 수도 있기 때문이다. 한마디로 '애늙은이'가 될 수도 있다. 그러므로 이 상황에서 부모의 중요한 역할은 아이들이 하는 일을 도와주면서 또래 문화와의 밸런스 역시 유지시켜 주는 일이다. 이러한 의미에서 나는 '아이는 아이답게 키우자'는 말에 동감한다.

어쨌거나 성공한 아이들은 자의건 타의건 이른 나이에 사회에 첫발을 내밀게 되었다. 그것도 어른들조차 쉽지 않은 비즈니스의 세계로 말이다. 우리는 단지 어린 나이에 성공한 그 면만을 주목해서는 안 될 것이다. 그 나이에 사회생활과 비즈니스를 병행해 나간다는 것이 매우 힘들고 어려울 것이기 때문이다. 내가 이들에게 제일 우려하는 바는 바로 '성장과 경험의 불일치'다. 즉, 그 나이에 맞는 경험을 해나가야 하는데 이들에겐 경험이 성장을 추월해 나가기 때문이다. 영화 〈레옹〉에서 레옹은 어른 행세를 하려는 마틸다에게 "너는 더 성장해야 해!"라고 말하자 마틸다는, "나의 성장은 끝났어요. 나이만 먹으면 돼요"라고 대꾸한다. '어려도 알 것은 다 알지만 단지 나이가 어려서 못할 뿐'이라는 말이다. 이들의 모습, 한마디로 '탱크 엔진'(정신)을 '소형차'(몸)에 장착한 형국이다. 그러므로 부모는 성장과 경험의 발란스를 맞추는 이 부분에 특히 많은 관심을 쏟아야 한다. 자칫 이 발란스가 깨질 경우, 아이들이 성공하고서도 행복하지 않은 청소년기의 삶을 보낼 수가 있다. 그러므로 자녀뿐만 아니라 부모 역시 성공한 자녀의 보호자로서 협력자로서 부단히 연구하고 노력하지 않으면 안 되는 것이다.

10대 취향 저격수 겐즈샵
쇼핑몰 CEO, 김단슬

한때 인터넷 쇼핑몰업계에서는 '겐즈샵'(www.genzshop.com)이란 여성 의류 쇼핑몰이 화제가 된 적이 있었다. 10대 여학생들이 자주 찾는 이 쇼핑몰의 하루 옷 판매량은 400벌을 웃돌고, 자체 제작 인기 신상품의 경우 몰에 론칭 한 뒤 10분이면 대부분 매진되었다고 한다. 이 쇼핑몰은 당시 월 매출이 2억 원을 상회하였는데, 물론 그 정도의 매출을 보였던 인터넷 쇼핑몰은 적지 않았지만, 이 쇼핑몰이 유명했던 이유는 바로 이 억대 쇼핑몰의 대표 김단슬 씨가 당시 갓 18살을 넘긴 여고생이었기 때문이다.

그녀가 처음부터 겐즈샵을 시작한 것은 아니었다. 그녀의 말을 들어보자.

"원래는 미니홈피에서 유명해졌어요. 갖고 있던 옷들을 조금만 다르게 디자인해 올렸는데 조회 수가 대단하더군요. 그런 점을 신기하게 생각한 사람들이 하나 둘 입소문을 내더니 결국 유명세를 탔어요."

그러던 중 그녀는 고3으로 올라가기 불과 일주일을 앞두고 그만 교통사고를 당하게 된다. 부득이 휴학할 수밖에 없었는데 이것이 오히려 전화위복(轉禍爲福)이 되어 '온라인 쇼핑몰' 사업을 추진하게 된 기회가 되었다. 초기 창업 투자 비용은 500만 원 정도였는데 그동안 미니홈피로 쌓은 인지도 덕분으로 '론칭'하자마자 매출이 점점 불어나기 시작했다. 여기에는 그녀의 독특한 고객관리 전략도 한몫했다. 그녀는 먼저 고객 상담 시간을 정해놓고 오후 1시부터 6시까지만 고객 전화 주문과 상담을 받는다. 인터넷 자유게시판도 오후 3시부터 새벽 2시까지만 글을 올릴 수 있게 했는데 이는 주 고객인 여중고생들의 라이프 스타일을 철저히 반영한 결과다. 고객들도 불만 없이 이런 회사 방침에 잘 따라줬고 회사 입장에서도 인력을 효율적으로 운용할 수 있어 좋았다. 고객들로부터의 주문과 상담내용은 제품제작에 자연스레 반영되었는데 몸매에 민감한 여학생들의 심리를 반영하여 옷도 몸에 '착' 달라붙는 것이 아니라 최대한 헐렁하고 편안하도록 디자인해 고객들의 기호를 최대한 만족시켰다. 최근에는 여중고생들의 어머니들도 옷을 주문하기 시

대한민국 10대들의 대표 쇼핑몰겐즈샵

GENZSHOP

인터넷 쇼핑몰 '겐즈샵'과 김단슬 대표

작하면서 매출은 더욱 증가했다. 또한 그녀는 고객관리서비스의 일환으로 '김단슬의 보너스'라는 카테고리를 따로 운영하는데 김 대표가 해외 출장을 통해 구입한 아이템을 나누는 코너다. 그녀는 이에 대해 다음과 같이 말한다.

"대부분 출장을 통해 구입한 희소성 있는 제품들로, 젠즈샵을 사랑해 주는 고객들과 함께 나누고 싶어 이런 카테고리를 마련했다. 애초부터 이익을 위해 만든 카테고리가 아니어서 구매 가격보다 저렴하게 파는 것이 대부분인데 많은 고객들과 공유할 수는 없지만 함께 즐길 수 있었으면 좋겠다."

그녀의 이러한 나눔과 공유의식은 그녀의 영업비밀 공개에서도 알 수 있다. 김 대표는 자신과 같이 쇼핑몰을 운영하기 원하는 사람들을 위해 자신의 노하우를 아낌없이 공개한다. 그녀가 공개한 5가지 노하우는 아래와 같다.

< 온라인 쇼핑몰 운영 노하우 >

1. 독특한 아이템을 선정하세요.
2. 남들과 겹치는 아이템은 피하세요.
3. 대량화로 시장에 일반화되기 전에 선점하세요.
4. 트렌드를 읽는 감각을 읽으세요.

5. 트윗이나 유튜브 등 SNS를 통해 홍보하세요.

　나아가 김 대표는 국내시장에 만족하지 않고 앞으로 동남아 시장을 겨냥하여 동남아의 10대들을 공략해보겠다는 야심 찬 포부도 가지고 있다. 그녀가 세계 시장의 문을 두드릴 날도 멀지 않은 것 같다.

　그녀에게 주목할만한 또 한 가지는 인터넷 쇼핑몰 사업과 병행해서 자선활동을 꾸준히 해나가고 있다는 사실이다. 그녀는 매년 '사랑의 자선바자회'를 열어 다양한 상품들을 싸게 판매하는 한편, 수익금 전액은 사회복지재단과 교회, 고아원 등 불우이웃을 돕는데 사용한다. 그녀는 "어려운 학생들에게는 예쁜 옷을 싸게 제공하고 불우이웃에게는 작은 도움이 되고자 바자회를 준비하게 됐다"면서 "또한 주요 고객인 10대들이 동참함으로써 '기부 문화'를 체험할 수 있었던 계기도 되었다"고 말했다. 나는 그녀의 자선 및 기부활동이 단지 특정 금액 이상을 기부한 '이너 서클'보다 훨씬 인간적이라고 생각한다.

　이제 김 대표의 성공 요인을 구체적으로 살펴보기로 하자. 먼저 시대의 트렌드를 읽어내는 그녀의 안목을 들 수 있다. 이 시대는 한마디로 개성과 스타일을 중시하는 '감성 시대'라 할 수 있다. 그리고 가장 민감한 세대는 무엇보다 감수성이 풍부한 10대 여학생이라고 할 수 있다. 이들은 특히 자신의 외모와 치장에 예민하며 또한 여기에 적잖은 돈과 시간을 투자한다. 그럼에도 꾸미기 좋아하는 10대 여자아이들이 입을 만한 옷이 변변찮다는 것이 문제였는데 그때까지만 해도 의류 시장의 메인 타겟은 틴에이저보다는 성인들이 주류였기 때문이다. 이에 김대표는 그동안 의류패션에서 비주류였던 여학생들의 문화적 욕구와 니즈(needs)를 읽고 '틈새시장'을 개척하였다. 무엇보다 그 자신이 10대였기에 누구보다 또래들의 욕구와 니즈를 쉽게 포착할 수 있었다. 그렇게 해서 김대표의 겐즈샵은 10대들의 패션문화를 저격하게 된 것이고 결과는 성공적이었다. 이제 바야흐로 10대 여학생 전용의 패션 시장이 열리게 된 것이다. 이 시장의 가치는 앞으로 계속 오를 것으로 예상되는데 언젠가 메이저 패션기업에서 인수합병을 도모할지도 모를 일이다. 이와 관련해서 이 글을 읽는 10대 독자들에게 하고픈 말이 있다. 지금 우리는 전대미문의 '코로나 시대'를 살아가고 있다. 물론 이전에도 스페인 독감, 사스나 메르스 등 여러 종류의 '팬데믹'은 있어 왔지만 이처럼 몸에 사무치는 팬데믹은 처음이다. 일례로 코로나 기간중에 썼던 마스크 갯수가 내 평생 썼던 마스크보다 비교될 수 없을 정도로 많다. 살면서 이토록 활동의 제약을 받은 적도 없었고(특히 대인관계에서), 팬데믹으로 국가와 지자체로부터 재난지원금을 받은 것도 처음이다. 혹자는 바야흐로 코로나로 인한 '뉴 노멀'(New normal) 시대가 도래했으며 이에 적응해야 한다고 말한다. 일찍 일어나는 새가 먹이를 먼저 잡아먹듯이, 새로운 시대에 먼저 적응하는 자가 성공의 열매 역시 먼저 따먹을 것이다. 그러니 10대 청춘들이여! 그대들의 순수한 안목과 창의력을 사용하여 이 시대의 사업 아이템을 한번 구상해 보길 바란다. 보고자 하면 보일 것이다.

마크 저커버그는 '사람과 사람을 연결하면 비즈니스로 이어진다'고 하는데 나는 특정 상황과 특정 분야 역시 매치가 가능하다고 생각한다. 이를테면 작금의 코로나 상황과 패션을 연결하는 일이다. 발 빠른 의류업계에서는 벌써 '코로나 의상'(Corona look)을 내놓고 있다. 코로나로 인해 재택근무자와 '집콕족'이 증가함에 따라 미니스커트와 같이 타이트한 옷보다는 통이 큰 와이드 팬츠와 같은 '이지 웨어'(편하게 입는 옷)가 유행의 붐을 일으키고 있다. '사회적 거리 두기'가 계속 연장되고 있는 가운데, 긴장과 스트레스를 줄이고자 하는 심리를, 헐렁하고 편안한 옷을 입음으로 얻고자 하는 것으로 분석된다. 코로나가 장기화됨에 따라 지금 우리는 글로벌 경제 위기 속에서 자신의 일터를 지키기 위해 안간힘을 쏟고 있다. 그리고 이 와중에도 몇몇 진취적인 사업가들은 지금의 위기를 정면으로 돌파할 생각을 갖고 있다. 위기는 곧 기회이므로.

두 번째 성공요인으로 그녀의 고객관리전략을 들 수 있는데 이 전략의 기본마인드는 '고객만족'을 넘어 '고객감동'을 주는 데 있다. 일례로 무엇보다 업무의 중심이 회사가 아니라 고객이다. 즉, 회사의 경영방침이 고객의 라이프 스타일, 고객의 심리와 기호에 철저하게 맞춰져 있다. 또한 '김단슬의 보너스'라는 카테고리 운영이나 '사랑의 자선바자회' 등을 통해 자신이 벌어들인 수익의 일부를 고객들과 이웃들에게 환원하는 한편, 자신의 사업성공 노하우를 아낌없이 고객들과 공유한다. 이러한 나눔과 공유의식은 그녀의 고객관리전략을 더욱 공고하게 만드는 핵심요소다. 그녀는 벌써 '공유경제'의 패러다임 안에서 그녀의 사업을 진행 중이다.

앞으로 겐즈샵은 몇 가지 과제를 해결해 나가야 할 것으로 보인다. 하나는 김 대표가 이제 20대가 되었는데, 어떻게 겐즈샵의 정체성을 유지한 채 사업을 발전시켜나갈 것인가 하는 점이다. 10대였을 때 보는 패션 감각과 20대가 되어서 보는 패션 감각과는 차이가 있을 수 있기 때문이다. 자칫하다가는 10대 패션도 아니고 20대 패션도 아닌 '어정쩡한' 패션이 나올 가능성도 있다. 김 대표에게 바라는 것은 "귀엽고 아름다운 10대 여학생들을 만들 것이다"라는 목적과 비전을 잊지 말라는 것이다. 그러한 생각과 정신으로 사업을 해나간다면, 보다 성숙한 20대의 감각으로 기존의 10대 패션을 더욱 멋지게 재창조할 수 있을 것이다. 또한, 앞으로도 더 큰 성취와 보람을 느낄 것이라 생각한다.

또 하나는 만약 김 대표가 20대 패션에도 관심이 있다면 기존의 20대를 겨냥한 여성 패션 쇼핑몰로 대박 난 '스타일난다'의 김소희 대표와의 경쟁도 피할 수 없을 것으로 보인다. 조만간 다윗과 골리앗과의 한판 승부도 흥미진진한 관전 포인트라 할 수 있다. 김 대표가 치열한 패션시장에서 나름의 경쟁력을 지니기 위해서는 기존의 패션전략과는 더욱 차별화된 김 대표만의 색깔과 스타일을 창조해 나가야만 할 것이다. 이 책을 쓰면서 젠즈샵과 김 대표의 최신 활동에 관한 정보를 얻기가 쉽지 않았는데 앞으로는 SNS을 통한 좀 더 적극적인 마케팅 활동이나 '10대 패션쇼'와 같은 이벤트 등 On line과 Off line 비즈니스 병행전략으로 사업의 외연을 확장시켜 나갈 필요가 있다고 본다. 모쪼록 김단슬 대표와 젠즈샵의 선전과 활약상을 기대한다.

제 2 장

재능(才能)을 가진
아이가 성공한다

천재 소녀 화가
어텀 드 포레스트(Autumn de Forest)

미국 네바다주 라스베이거스에 살고 있는 어텀의 미술 재능은 여섯 살 때 우연히 발견됐다. 어텀의 아버지 더글라스가 차고에서 가구에 페인트 칠을 할 때 어텀이 붓을 갖고 놀며 그림 그리는 모습이 심상치 않아 보였다. 더글라스는 그 자리에서 어텀에게 붓과 아크릴 물감, 합판 하나를 건넸고, 잠시 후 어텀은 놀라운 그림을 그려냈다. 어텀이 그린 그림은 미국 출신의 추상표현주의 대표 화가 마크 로스코(1903~1970)의 작품과 거의 비슷했는데 그는 강렬한 원색을 캔버스에 채우는 '색면 추상'의 선구자로 유명하다. 물론 어텀이 그와 그의 그림들을 알 리가 없었다. 예술가였던 어텀의 부모는 이 그림을 통해 어텀의 천부적인 재능을 알아볼 수 있었다.

어텀이 6세에 그림을 그리는 모습

어텀의 아버지는 드럼을 연주하는 작곡가이며, 어머니 캐서린은 배우, 모델 출신으로 인기 텔레비전 드라마 '해상구조대'(Bay Watch)의 작가이기도 했다. 그녀의 부모는 어텀이 자신들의 예술가적 기질뿐만 아니라 포레스트 가문의 미술 유전자(DNA) 영향도 받았다고 말한다. 어텀이 속한 포레스트 가문은 유명 화가를 여러 명 배출했는데 미국의 저명한 화가 락우드 드 포레스트(1850~1932), 조지 드 포레스트 브러쉬(1855~1941), 로이 드 포레스트(1930~2007) 등이 이 가문 출신이다.(이쪽 계통에 조예가 없는 우리에게는 생소한 이름들이다.) 2009년 어텀이 여덟 살이 되던 해 그의 가족은 어텀이 그동안 그려왔던 작품들을 전시하기로 결정했다. 그리고 그해 네바다주 볼더 시티(Boulder city)에서 열린 '파인 아트 축제'(Fine Arts Festival)에서 한 공간을 빌려 어텀의 첫 작품전시회를 열었다. 어텀의 작품에 대한 찬사가 터져 나왔고, 이런 호의적인 반응에 고무되어 그녀의 작품들을 경매에 붙였는데 어텀이 아홉 살이던 2010년 2월 한 미술경매장에서 16분 만에 어텀의 작품 여러 점이 10만 달러에 팔렸다. 그중 한 점은 2만 5000달러(약 2,900만 원)의 고가에 거래됐다. 이 경매 이후 세계적인 다큐멘터리 명가 '디스커버리' 채널은 천재 아동을 다루는 프로그램을 통해 어텀의 천재적인 미술 재능을 방영했고, 이후 어텀은 NBC 등 여러 지상파 방송에 출연해 단숨에 미국 전역에서 셀럽으로 등극했다. 어텀이 천재 화가로 주목받는 것은 그의 창의적인 그림과 함께 어린 나이임에도 여러 작화(作畵) 기법

교황 앞에서 자신의 그림을 설명하는 어텀

을 구사하기 때문인데 그는 아크릴화 외에도 유화를 납화(蠟畵) 기법으로 그린다. 납화는 안료에 밀납을 녹이고 뜨거울 때 그림을 그리는 벽화기법으로 색감은 독특하지만 작업 과정이 까다로워 성인 화가 중에도 납화 작가는 흔치 않다고 한다. 2015년에는 바티칸에서 예술 분야에 재능이 있는 사람에게 수여하는 '국제 주세페 시아카(Giuseppe Sciacca)' 상을 수상했는데 이때 프란치스코 교황에게 직접 자신의 작품을 선보이기도 하였다.

이렇게 어려서부터 천재 화가로서 거침없이 질주하는 어텀을 보면서 혹자는 그녀가 혹시라도 '반짝 천재'로 끝나는 것은 아닌가 하는 생각을 해 볼 수도 있다. 세기의 천재 화가였던 파블로 피카소(1881~1973) 역시 바로 이 점을 우려했는데 그는 자신의 유년 시설을 회고하며 자신은 '조숙한 천재'였으며 "조숙한 천재는 나이가 들면서 흔적 없이 사라져 버리곤 한다"고 술회하기도 하였다. 그럼에도 자신이 화가로서의 천재성을 오랫동안 꽃피우게 된 것은 전적으로 아버지 덕분이라고 말했다. 피카소의 천부적 재능을 제일 먼저 알아본 건 역시 화가였던 그의 아버지였는데 아들의 미술 재능에 감탄한 아버지는 그 이후 자신의 작품 활동보다 그의 예술성을 키우는 데 열중했다고 한다. 결국 아버지의 헌신적인 도움에 힘입어 피카소는 세기의 화가로서 '롱 런'(long run)할 수 있었다. 어텀의 부모는 여기서 한 걸음 더 나간다. 어텀의 가족은 어린 어텀에게 예술가로서의 자질뿐만 아니라 사업가적 기질도 가르치고 있는데 예술가로서의 성공을 위해서 사업 활동은 필수적이라는 전문가들의 조언 때문이었다.

영국 BBC 아트 디렉터 윌 곰퍼츠는 "훌륭한 예술가는 동시에 뛰어난 사업가가 돼야 한다."라고 하였으며, 팝아트 창시자 앤디 워홀(1928~1987) 역시 "돈 벌기는 예술이고 일하는 것도 예술이며, 좋은 사업은 최고의 예술"이라고 말한 바 있다. 이와는 대조적으로 백남준이나 홍가이 심지어 가수이자 화가인 조영남 씨는 현대 예술 작품들이 지나치게 과대 포장되어 천문학적인 금액으로 거래되는 "현대 예술은 사기"라고 주장하기도 한다. 일례로 제프 쿤스의 '풍선 강아지'는 크리스티 경매에서 5,840만 달러(한화로 약 690억)에 낙찰되었다.(혹시라도 바람이 빠지거나 터지면 어떻게 될 것인지 궁금하다.) 예술가로서의 삶을 살아온 어텀의 부모 역시 "예술가는 배고파야 한다는 사회적 통념에서 벗어나야 한다"고 말한다.(예술가는 동서양을 막론하고 배고픈 직업인가 보다.) 하지만 안타깝게도 우리의 현실은 여전히 허기를 벗어나지 못한 실정이다. 현재 우리나라 전업미술가들의 평균 월수입은 150만 원 이하이며, 그나마 작품을 팔아서 중산층 이상의 생활을 하는 화가는 전체의 5% 정도라고 한다. 대부분의 화가들은 자신의 몸값을 올릴 수 있는 유일한 통로인 '공모전 수상'에 한 줄기 희망을 품고 오늘도 캔버스 앞에 선다. 스포츠계의 사정 역시 예술계와 크게 다르지 않다. 86년 아시안 게임 육상영웅 임춘애 선수를 기억하는 사람이 있을지 모르겠다. 라면을 먹으면서 그야말로 '독'하게 운동했다는 그녀는 금메달을 3개나 목에 걸고는 "우유가 너무 먹고 싶다."고 말해 많은 사람들의 가슴을 찡하게 한 적이 있다. 세월이 그토록 많이 흘렀음에도 예체능 분야의 환경이 크게 호전되지 않은 것을 볼 때 안타까운 마음이 든다. 어텀의 부모들도 단지 재능만으론 성공하기 쉽지 않다는 것을 알았기에 재능과 비즈니스와의 융합(融合)을 말했는지 모른다. 이러한 의미에서 예체능 분야의 종사자들은 비즈니스 감각과 기술을 함께 갖출 필요가 있다고 생각한다. 가끔 KLPGA 관련 기사들을 보면 어떤 선수는 '외모에 비해 실력은 별로'라고 말을 하곤 하는데 이는 재능과 비즈니스를 여전히 '따로국밥'으로 보기 때문이다. 물론 비즈니스를 할 정도면 어느 정도 실력을 갖춰야만 할 것이다. 그렇지 못할 경우 상품가치가 높지 않음으로 인해 비즈니스를 하는데도 적잖은 제한이 될 수 있다. 물론 좋은 성적도 거두고 광고나 방송 등 본업 외에도 수입이 많다면 금상첨화겠지만 둘 중의 하나만 잘해도 성공한 것이다. 아빠 수입보다 엄마 수입이 많다고 아이들이 아빠를 엄마보다 못하다고 할 수는 없는 일이다. 스타의 상품 가치는 단지 재능 한 가지로만 평가되는 것은 아니다. 미스터 트롯의 스타들을 보라. 최근 그들의 방송 출연 내용을 가만히 보면 그들이 다큐(노래)스타인지 예능스타인지 분간이 어렵다. 비즈니스라는 스폰서 없이 재능만으로 성공하는 데는 한계가 있다.

피카소와 앤디 워홀로부터 자신의 미술 세계에 대한 영감을 받았다고 말하는 어텀 역시 자신의 이름을 내건 브랜드를 추진 중인데 어텀 작품을 홍보하는 웹사이트 '어텀드포레스트닷컴' (autumndeforest.com)을 향후 미술 관련 포털사이트로 키울 계획이며, 어텀이 디자인한 작품이 새겨진 운동화 등의 상품은 미국의 대표 백화점 체인 '노드스트롬'(Nordstrom) 등에서 판매될 예정이다. 이처럼 어텀의 천재성과 비즈니스의 결합으로 최근까지 어텀이 그린 그림의 누적 판매액은 700만 달러가 넘는다. 어텀이 단지 그림만 그리고 팔아서는 이 정도의 수익 창출은 어림도 없다. 그렇다고 어텀과 그의 부모가 영리에만 치중하는 것은 아니다. 그림 판매액 중 상당 금액은 인도주의 국제기구인 '적십자', 저소득 가정의 주거환경 개선을 돕는 비영리 국제기관인 '해비타트'(Habitat for Humanity) 등에 정기적으로 기부된다. 그들이 벌어들인 수익의 일부를 사회에 환원하는 모습이 보기에 좋다.

어텀은 아홉 살 때부터 학교에 가지 않고 홈스쿨링으로 미술교육을 받아왔는데 이제 고등학교에 입학할지, 아니면 온라인 아카데미를 통한 홈스쿨링을 계속할 것인지 선택의 기로에 놓여 있다. 어텀은 학교에서 또래들과 어울리는 게 좋다는 생각이다. 어텀은 "홈스쿨링은 훌륭한 교육방식이지만 보통의 아이들처럼 평범한 경험을 할 수 없다"면서 "또래 친구들과 같은 상황에서 교육받는 게 중요하다고 생각한다"고 말했다. 어텀은 매일 반복되는 그림연습에도 미술에 대한 열정이 식지 않는 것은 단지 그림을 그리는 게 행복하기 때문인데 그는 그림을 그릴 때 느끼는 감정을 이렇게 표현했다.

"위로 치솟는 롤러코스터에 탄 것처럼 짜릿하다."

어텀의 사례를 보면 아이들은 정말 부모를 잘 만나야 한다는 사실을 새삼 실감하게 된다. 자녀의 재능을 일찍 알아보고 자녀들을 위해 헌신하는 부모가 옆에 있다는 것은 재능을 지닌 아이들의 축복이라 생각한다. 사실 아이들이 지닌 재능을 정작 아이들 자신은 모를 수가 있다. 어텀도 그림을 그릴 때 자신이 그림에 재능이 있다고 생각하지는 않았을 것이다. 아이들의 재능을 제일 먼저 발견하는 이는 누가 뭐라 해도 바로 그들의 부모다. 그리고 아이들이 아무리 좋은 재능을 가지고 있어도 재능을 뒷받침해줄 부모를 만나지 못한다면 그 재능은 땅속에 묻힐 가능성도 있다. 이런 의미에서 나는 아이들이 '원광석'이라면 부모는 '세공사'와 같다고 생각한다. 원광석 자체로는 그 가치가 뛰어나지 않지만 세공해서 다이아몬드가 되었을 때는 얘기가 달라진다. 그러므로 원광석은 세공사가, 세공사는 원광석이 서로에게 꼭 필요하다. 나는 모든 아이들이 원광석이라고 말하고 싶다. 그들 모두는 좋은 세공사만 만나게 된다면 찬란하게 빛나는 보석들이 될 것이다.

이에 관한 한 가지 사례를 들어보자. 핵 펀치만큼이나 핵 이빨로도 유명한 마이크 타이슨의 이야기다. 마이크의 아버지는 그가 네 살 때 집을 나가고, 홀로 남은 어머니는 아이를 돌볼 겨를이 없었다. 사랑에 굶주린 마이크는 자폐 증세를 보였고 말도 어눌했기에 또래 친구들에게 놀림을 받았다. 한번은 같은 동네 사는 아이들이 마이크가 좋아하던 비둘기를 장난삼아 죽이자 그는 더 이상 참지 못하고 그들을 때려눕히고 만다. 그 뒤로 모두 50번이 넘게 체포될 만큼 악명이 높았던 마이크가 복싱과 인연을 맺은 곳은 다름 아닌 뉴욕 소년원이었다. 소년원 복싱 코치 밥 스튜어트는 마이크 타이슨을 한눈에 알아보고 곧바로 세계챔피언을 두 사람이나 길러낸 명 코치 커스 다마토에게 데려갔다.

마이크가 열네 살 때 일이었다. 스파링을 지켜본 커스 다마토는 "이 녀석은 역사상 가장 어린 세계 헤비급 챔피언이 될 거야"라고 확신에 찬 목소리로 말했다. 그 뒤 마이크 타이슨은 세계 복싱 역사의 한 페이지를 장식하게 되었다. 후에 커스 다마토는 이렇게 술회하였다.

"세상 섭리는 오묘하다. 사람들은 살면서 자신이 좋아하는 일과 좋아하는 사람들을 찾아간다. 그런데 세상은 그걸 하나하나 빼앗아간다. 내 친구들은 다 죽었다. 내가 세상 기쁨을 다 잃고 죽음을 받아들이겠다고 마음을 먹었을 때 한 소년이 나타났다. 타이슨은 내가 사는 까닭이다."

그에게는 마이크가 삶의 이유이자 인생의 마지막 불꽃과도 같은 존재였다. 마이크 역시 하마터면 뉴욕 뒷골목의 건달로 끝날 인생이었지만, 그를 만나 세기의 복서로서 다이아몬드와 같이 빛나는 인생을 살게 되었다. 그러므로 나는 모든 부모들이, 디마토와 타이슨의 경우처럼, 세공사라는 마인드를 가지고 자녀들의 재능을 잘 세공해서 성공한 자녀로 만들어 그의 영광과 기쁨의 잔치에 참여하기를 진정으로 바란다.

만약, 재능을 가진 아이를 두고 있다면 어텀의 부모의 자녀 관리방식을 권장할 만하다. 즉, 아이의 재능을 비즈니스와 연결시키는 것이다. 앞서 말한 것처럼, 이 시대는 예술적 재능으로만 훌륭한 예술가가 되는 것은 2% 부족하다. 예술적 재능과 비즈니스를 결합하여 소위 '재능의 전파확대'를 도모해야 한다는 것이다. 일종의 '재능의 사업화'라 할 수 있다. 재능을 가진 자는 재능의 기량을 높이는 일뿐만 아니라 비즈니스맨으로서의 자질과 역량도 병행해서 갖춰 나가야 하는 시대가 되었다. 이제는 단지 아이들 뒷바라지만 하는 것으로 부모의 역할을 다했다고 할 수 없다는 것이다. 부모는 아이들의 재능의 제 1발견자요, 아이들의 재능이 만개할 수 있도록 아이들을 물심양면으로 지원하는 후원자요, 아이들의 재능을 발판으로 수익을 창출할 수 있도록 사업가적인 소양을 가르치는 교육자로서의 역할 수행 역시 해나가야 할 것이다. 나아가 자녀의 사업이 패밀리 사업의 성격이라도 띠게 된다면 부모는 아이와 함께 경영에도 참여하게 될지 모른다. 뒤에서 살펴보게 될 '보람패밀리'처럼 말이다. 이런 의미에서 경제교육은 이제 가정교육의 필수과목이 되리라 본다. 한 마디로 재능을 가진 아이들을 처음부터 전략적으로 키워나가는 것이다.

하지만 여기에는 몇 가지 신중하게 다루어야 할 문제들이 있다. 먼저는 부모의 역할 수행능력 문제이다. 사실 어텀의 사례는 특별한 사례에 가깝다고 할 수 있다. 왜냐하면 내 아이의 재능을 예술적으로나 사업적으로 충분히 뒷받침해줄 능력을 갖춘 부모는 그리 흔치 않기 때문이다. 그러므로 재능을 가진 아이들을 둔 부모들은 무엇보다 자신들의 능력을 객관적으로 평가할 필요가 있다. 즉, 내 아이들을 두 분야(재능과 사업)에서 제대로 관리해 나갈 수 있는 지식과 능력을 가지고 있느냐 하는 것이다. 만약 어느 것 하나라도 여의치 않다면 전문가에게 위임하는 방법을 신중히 고려해 볼 필요가 있다. 부족한 부분이 있다면 그 분야 전문가의 도움을 받아 채우면 된다. 부모라는 이름으로 모든 것들을 관장하려 하는 욕심으로 자녀의 재능과 수익의 발전가능성을 제한시켜서는 안 된다.

끝으로 재능을 가진 나의 아이가 스스로 자신의 진로를 개척해 나갈 수 있도록 자립심과 문제해결능력을 키워주는 것이다. 이를 위해서 무엇보다 아이에게 생각할 시간과 자유 시간을 충분히 제공해 줌으로써 선택의 기회를 최대한 보장해 줘야 한다. 숨 쉴 틈 없는 빡빡한 스케줄, 지나친 통제나 간섭은 아이들의 재능수명을 단축시킬 수도 있을 뿐만 아니라 자율성이나 책임의식 또한 저하시킬 수 있다. 일례로 트롯 스타 정동원 군의 최근 활동내용을 보면 방송 출연(아내의 맛, 사랑의 콜센터), 콘서트, 유튜브(정동원 TV), 광고모델 등 어른들도 소화하기 힘든 강행군을 펼치고 있는데 과연 학교생활에 지장이 없을지 우려된다. 부모만이라도 자녀를 최대한 자유롭고 편안하게 해줌으로써 외부 활동으로 심신이 지친 아이들이 재충전할 수 있도록 가정을 편안한 쉼터가 되게 해야 할 것이다. 더불어 자녀와의 부단한 대화와 소통을 통해 아이들의 고민을 들어주고 스스로 풀어나갈 수 있도록 조언도 해 주자. 그래서 그들에게 언제나 소중하고 든든한 사랑의 멘토로 남아주기를 바란다.

트롯 신동, 정동원(13세)

중국 우한에서 발생한 코로나 사태로 인해 전 국민이 고통과 스트레스를 받고 있는 상황에서 우리에게 한 줄기 시원한 소낙비가 되어 준 아이가 있다. 트롯 신동으로 알려진 정동원이다. 석 달 동안 진행된 TV조선 채널의 '미스터 트롯'이란 방송에서 그는 15,000명의 지원자들과의 치열한 경쟁을 뚫고 예선, 본선을 거쳐 Top 7에 들었고 최종 경연에서 5위를 하였다.

'미스 트롯'으로 부와 명예를 한 번에 거머쥔 송가인처럼 그 역시 바야흐로 성공 가도를 향한 무한 질주를 앞두고 있다. 그의 노래 재능은 3살 때부터 나타나기 시작했는데 특이하게도 그의 또래들과는 달리 트롯 가요를 더 좋아했다고 한다. 트롯 노래가 나오면 양동이를 두드리며 타고난 끼를 보이는 동원에게 그의 아빠는 처음에

미스터 트롯에서 열창하는 정동원

당황했다고 한다.(아이들이 '특별한 끼'를 보이면 당황하지 말고 '혹시 저 '끼'를 비지니스化 할 수는 없을까'를 생각해 보라.) 그러던 중 동원에게 불행한 일이 닥치게 되는데 그가 세 살 때 부모가 이혼하게 되면서 할아버지 손에 맡겨지게 된 것이다. 다행히 트로트를 좋아하시던 할아버지 손에 의해 자라면서 동원이는 트로트뿐만 아니라 악기에도 관심과 재능을 보였다. 한번은 드럼을 사주자마자 밤낮없이 두드려 반년 만에 새 드럼을 사주어야만 했으며, 색소폰도 교체한 것이 지금 4개째인데 연습하다가 입술이 불어 터지고 피가 나면 화장지로 싸서 부를 정도였다고 한다. 아직은 다소 투박한 실력이지만 누가 알겠는가? 동원이가 트롯 가수뿐만 아니라 레드 제플린의 존 보냄 같은 전설적인 드러머나 케니 G와 같은 걸출한 색소폰 연주자가 되는지. 얼마 전 그는 국내 명문 예술중학교인 서울 선화예중 음악부 관악 부분(색소폰)에 편입하였는데 앞으로는 그의 노래만큼 색소폰 연주도 많이 들을 것 같다.

최종선발전이 끝나고 우승을 하지 못해 아쉽지 않았냐는 질문에 "아니다. 우승 안 하고 싶었다. 이제 트로트를 시작한 지 2년 됐다. 그런데 형들은 20년, 30년 길게 했다. 그런데 내가 진(眞)을 하려고 하면 안 된다. TOP 7 안에 든 것으로 만족한다"라고 말해 제법 어른다운 면모를 보였다. 이는 아마도 그가 불우한 소년 시절을 거치면서 아픈 만큼 성숙해진 결과가 아닌가 생각한다.

어린 동원에게 시련은 계속되었는데 부모이혼에 이어 이번에

'전국노래자랑'에서 색소폰을 연주하는 정동원

는 할아버지가 폐암 판정을 받은 것이다. 동원은 작년에 SBS '영재 발굴단'에 출연했을 당시 "부모님이 이혼해 3살 때부터 할아버지께서 키워주셨다. 꼭 트로트 가수로 성공해 할아버지의 폐암을 낫게 해드리고 싶다"고 말한 바 있다. 그가 이번 '미스터 트롯'에 출연한 동기도 "1억짜리 주사를 맞으면 할아버지 암이 다 낫는다고 해서 이 트로트 무대에 오르게 되었다"고 말함으로써 출연진과 시청자들의 가슴을 뭉클하게 만들었다.(이번 대회 우승 상금이 1억이었다.) 안타깝게도 할아버지는 동원이가 본선을 준비하는 연습 도중에 돌아가셨는데, 그나마 다행인 것은 할아버지의 자리를 아버지가 돌아와서 대신하게 되었다는 것이다.

동원이의 사례를 보면서 새삼 깨닫는 것은 이것인데 즉, 천부적 재능은, 봄이 오면 꽃이 피듯, 때가 되면 반드시 드러난다는 것이다. 다만 그 재능을 알아보고 도와주는 사람을 빨리 만나느냐 늦게 만나느냐의 차이일 뿐이다. 만약 동원이의 그 천재적 재능을 아빠가 일찍부터 알아보고 물심양면으로 뒷바라지했었더라면 더 좋았겠지만 다행스럽게도 할아버지가 아버지를 대신하여 그 역할을 너무도 잘해 주셨다. 힘겨운 암 투병 중에서도 할아버지의 헌신 덕분으로 동원이가 가야 할 거친 인생길을 꽃길로 만들어 주신 것이다. 만약 할아버지가 노래에 관심이 없었다면, 피카소의 말처럼, '조숙한 천재'의 재능은 반딧불처럼 반짝하다 묻혔을지도 모른다. 이처럼 재능 있는 아이들이 누구를 만나느냐에 따라 걸어가는 길은

황무지가 될 수도 있고, 꽃길이 될 수도 있다. 이 말은 부모가 아이들이 앞으로 걸어가야 할 길의 '운명적인 이정표'가 될 수도 있다는 것이다. 이제 동원이와 아빠는 인생의 전환기를 맞이하게 되었다. 성공의 길목에 들어섰으나 동원이의 나이와 그동안 부모의 부재 기간을 감안한다면 아빠의 역할이 더욱 중요한 시점이다. 그것에 관해 몇 가지를 얘기해 보기로 하자.

첫째, 무엇보다 동원에게는 안정적인 가정생활을 통해 심리적 정서적 긴장과 불안을 풀어주는 것이 중요하다고 생각된다. 아이들의 정서와 심성발달에 있어 부모의 이혼만큼 커다란 상처와 장애는 없다. 일반적으로 아동기(3~5세)에 부모의 이혼을 경험한 아이는 먼저 집을 나간 부모를 분노의 대상으로 설정하고 그 대상을 향한 비난을 다양한 행태(짜증, 신경질, 소화불량, 잦은 울음 등)로 표출하는 경향이 있다고 한다. 또한 성장해 가면서도 아이처럼 행동하거나, 응석을 부리는 등의 성장 초기 단계로 되돌아가려는 '퇴행현상'을 보이기도 하며, 부모의 이혼을 자신의 잘못으로 느끼면서 죄책감과 낮은 자존감을 보이기도 한다. 나아가 자신보다 어린 동생들을 보살피기 위해 스스로를 부모라고 생각하고 강제적으로 자기를 어른화하게 되는데 이 과정에서 자신의 나이에 걸맞는 행동이나 사고, 감정 등은 억압되고 성장의 중간 과정 없이 바로 '애어른'이 되어버리기도 한다. 그러므로 아빠는 이러한 동원이의 심리와 정서를 이해하고 그가 겪은 아픔과 상처를 치유하기 위해서 그 어느 때 보다 아빠의 사랑을 많이 줘야 할 때라고 생각한다.

둘째, 동원이의 재능 발휘와 또래 문화 경험과의 발란스를 맞춰주는 것이다. 이런 의미에서 그가 최근 선화예중에 입학하게 된 것은 바람직한 결정이었다고 생각한다.(앞서 살펴보았던 어텀 역시 그동안 해왔던 홈스쿨링 대신 고등학교 진학을 택했다.) 정동원의 소속사(쇼플레이)에서도 '이제 중학생이 된 만큼 학업과 노래, 악기, 작곡, 프로듀싱, 연기 등 다양한 분야에서의 활동을 통해 장기적으로 대형 아티스트로 키워나갈 것'임을 밝힌 바 있다. 한편, '본인 전공과 관련된 콩쿠르 이외 모든 외부 활동을 금지한다'는 학교 교칙에 따라 앞으로 그의 방송 활동도 다소 제한될 것으로 보이는데 오히려 학교생활에 좀 더 충실할 수 있는 시간이 많아져 자신의 예술적 기량과 정서적 안정을 도모할 수 있다는 점에서 긍정적인 측면도 있다고 본다.

셋째, 동원이의 재능과 비즈니스의 상생에 관한 연구와 준비를 해나가야 한다. 먼저는 동원이의 예술적 재능을 지키는 일이다. 그러므로 "모든 어린이는 예술가다. 문제는 어른이 되어서도 그 예술성을 어떻게 지키느냐가 관건"이라 말한 피카소의 조언을 항상 기억해야 할 것이다. 물론 이에 대해서는 소속사가 누구보다 신경 써서 해 줄 것이지만 그렇다고 거기에만 모든 것을 맡겨서만 안 된다. 소속사 역시 영리를 목적으로 하는 기업체다. 따라서 영리추구에 초점을 맞추다 보면 (예를 들어 과도한 방송 출연이나 행사 공연 등) 자칫 그의 재능이 빨리 소진될 가능성도 배제할 수 없다. 이러한 측면에서 부모의 개입은 불가피하다고 보여지는데, 무엇보다 부모와 회사의 역할분담의 경계를 상호 설정하는 일이 중요하다. 앞서 어텀의 사례를 보았듯이 부모가 사업가적 능력이 있어 자녀를 예술가뿐만 아니라 사업가로 키워줄 수 있다면 좋다. 하지만 모든 부모가 그러한 능력을 가지고 있는 것은 아니기 때문에 아이의 안전 및 정서 관리는 부모가, 재능과 비즈니스 관리는 전문경영인에게 맡기는 것이 합리적인 방법이라 생각한다. 혹시라도 부모가 회사의 비즈니스나 매니지먼트에 관한 지나친 간섭과 개입으로 동원에게나 회사에 부담을 주거나 회사의 과도한 통제로 인해 부모의 역할분담에 공백이 생기는 일은 바람직하지 않다고 생각한다. 동원의 성공이 '롱 런' 하기 위해서는 회사-본인-부모, 이 삼위일체의 조화가 관건이라고 생각한다.

마지막으로 동원에게 좋은 멘토를 찾아주어 그의 정신적 성장을 도와줘야 한다는 것이다. 물론 부모만큼 훌륭한 멘토는 없겠지만 아이들의 성장기에 있어 부모 외의 멘토들도 필요하다. 동원이가 점점 성장할수록 부모에게도 말 못할 고민도 많아질 것이다. 게다가 그는 지금 한 창 감수성이 예민한 10대 아닌가! 한 가지 다행한 점은 그와 같이 본선에 진출한 6명의 선배들이 모두 훌륭한 멘토가 되기에 부족함이 없다는 것이다. 그들 모두 동원이가 말한 대로 트롯 가수로 성공하기까지 오랜 동안 고생을 많이 했고 고생한 만큼 인격 수양과 더불어 다양한 세상 경험도 많이 가지고 있기 때문이다. 또한 그들 대부분이 효심(孝心)이 깊었으며 서로서로 도와주고 격려해주는 모습들이 보기 좋았는데, 무엇보다 동원이와 같은 길을 걷고 있다는 점에서 그들은 동원에게 훌륭한 멘토가 될 수 있을 것이라 기대한다. 그들 모두도 부디 초심(初心)을 잃지 말고 훌륭한 트롯 가수이자 후배들의 모범적인 멘토요, 인생 선배가 되어 주길 바란다.

동원이의 경우를 통해 알 수 있는 것은 재능 있는 아이에게는 단지 '멍석'만 깔아주면 된다는 것이다. 왜냐하면 재능을 가진 아이는 어김없이 보통사람들은 넘볼 수 없는 특별한 능력을 발휘하기 때문이다. 알다시피 동원의 음악적 경력은 너무도 일천하다. 음악학원은 단 3개월 다녔으며 노래 공부는 인터넷을 통해서 했다고 한다. 그럼에도 그는 뛰어난 기억력과 가창력으로 특히 트로트의 경우, 한번 들은 곡은 가사 하나도 놓치지 않고 감칠맛 나게 다시 부를 수 있다고 한다.

10대에 성공한 아이들이 보여주는 공통적인 특성 중의 하나가 바로 '열정(熱情)'인데 이것은 자신이 좋아하는 일을 할 때 (혹은 목하 열애 중일 때) 발휘되는 특성으로 한 마디로 '못 말리는' 특성이다. 동원이가 노래와 악기(드럼, 색소폰)연습에서 보여주듯 말이다. 그리고 열정은 어떤 역경과 고난이 와도 이기고 헤쳐나갈 수 있는 든든한 힘이 된다. 그러므로 아이들의 '열정'은 가정에서뿐만 아니라 사회나 국가에서도 결코 꺾으면 안 된다. 특히 청소년 시절에 '열정'이

꺾일 때 그들은 좌절하기 쉽다. 최근 인천국제공항공사 정규직 전환과 관련해서 그동안 열심히 취업을 준비해왔던 많은 젊은이들의 노력과 수고가 기회의 박탈로 빛을 보지 못하게 될 수도 있다. 그들은 마치 날개 꺾인 새와 같은 허망함을 경험할 수 있다. 날개를 달아주지는 못할지언정 꺾어서야 되겠는가!

앞서 보았듯이 동원은 어린 나이에 적잖은 상처와 아픔을 경험했으며 상처와 아픔이 온전히 치유되기도 전에 이 세상과 맞닥뜨렸고 그것도 결코 만만찮은 연예계에 첫발을 딛게 되었다. 지금은 어리고 귀여워서 주위에서 따뜻하게 대해주겠지만 조만간 연예계의 어두운 일면도 하나씩 보고 알아가게 될 것이다. 마치 정글과도 같은 연예계의 속성상, 치열한 경쟁 속에서 홀로 살아남는 법도 배워야 한다. 얼마 전에 그의 MBTI 성격유형 결과를 보게 되었는데 그는 '사교적인 외교관'(ESFJ) 유형으로 나왔다. 이 유형은 대체로 사회성이 풍부하여 사람들과의 상호활동에서 기력(氣力)을 얻으며, 이해심과 동정심이 많아 남을 잘 배려하고 도와준다. 그리고 자신이 좋아하는 일에는 혼신을 다하는 성격으로 매사 책임감이 강하고 성실한 유형이다. 또한 외교관적 특성으로 인해 어느 한쪽으로 치우치지 않는 조화로운 인간관계를 선호하고, 일을 즉흥적으로 하기보다는 계획적으로 하기를 좋아하며 대체로 현실적인 삶에 안주하려는 경향이 있다. 이는 그가 자신의 성격유형을 보고 나서 "저는 지금의 삶이 너무 좋아서 계속 이렇게 지내고 싶다. 나쁜 일없이 그대로 지내고 싶다"고 말한 대목에서 알 수 있다. 하지만 이런 성격의 사람은 대체로 대범하기보다는 소심하고 도전적이기보다는 신중하며 이성적으로 판단하기보다는 감성적으로 수용하는 편이라 할 수 있다. 그래서 이런 성격의 사람은 '칭찬은 고래도 춤추게 한다'는 말처럼 자꾸 칭찬과 격려를 통해 자신감을 심어줘야 한다. 또한 도덕적 비난이나 악플, 그리고 인간관계에서의 갈등이나 마찰이 일어날 경우, 심리적으로 적잖이 충격을 받을 수도 있다. 그러므로 어떤 위기상황이 오더라도 심리적으로 위축되지 않고 이를 담대하게 극복해 나갈 수 있는 정신력과 자신감을 키워줘야 한다. 본인도 자신의 성격을 알았으니 힘들고 어려운 상황이 닥쳤을 때 당황하거나 위축되지 말고 의연하게 대처해 나갈 수 있도록 지금부터 멘탈 단련 훈련을 서서히 해나가야 할 것이다.

개인적으로는 신앙생활을 통해 정신력과 자신감을 더욱 고양해 나가기를 권하고 싶다. 또한 자기를 사랑하고 성원해 주는 사람들을 잊지 말고 일신우일신(日新又日新)하여 더욱 훌륭하게 성장한 모습으로 그들에게 나아가기를 바란다. 일례로 그의 고향 하동군에서는 금년 5월 24일 군(郡) 주관으로 '정동원길' 선포식을 가졌다. 이로 인해 정동원은 자신의 이름을 딴 길을 갖게 된 최연소 인물로 세계 기네스북에도 올랐다.

윤상기 하동 군수는 선포식에서 "정동원 길 명예 도로명 부여는 아름다운 우리 고장 알프스 하동을 널리 알리고, 하동군의 관광

활성화에 이바지하는 계기가 될 것"이라고 말했는데 이 역시 정동원의 재능을 '군(郡) 차원에서 비즈니스로 연결한 사례'로 그의 사업가적 능력을 엿볼 수 있는 시의적절한 구상이었다고 보여진다. 하동군민들 역시 '정동원은 하동의 보배요 복덩이며 하동의 아들로 엄청난 에너지의 소유자, 기대할만한 인물로 동원 군을 사랑하고 응원할 것'을 표명하였다. 모쪼록 고향과 한국을 빛낸 인물답게 자신에게 귀한 예술적 재능을 주신 이에게 감사하며 더욱 절차탁마해서 훌륭한 가수로, 연주자로, 유튜버로 온 국민에게 사랑받는 만능 엔터테이너로 대성할 동원이를 기대해 본다.

'해몽(解夢) 재능'으로 성공한 요셉

10대에 성공한 아이들이 꼭 현대에만 존재하는 것은 아니다. 재능을 가진 아이들은 동서고금을 막론하고 많이 있었는데 이 장(章)에서는 이스라엘의 역사 속에 실존했었던 한 인물의 성공 스토리를 통해 몇 가지 의미 있는 메세지들을 찾아보기로 하자. 구약 창세기 편에 등장하는 야곱의 11번째 아들 요셉은 어릴 적부터 꿈을 잘 꾸었다. 그는 꿈을 꾸고 나서는 부모형제에게 꼭 꿈 얘기를 했는데 본인은 어떨지 몰라도 듣는 이들은 다소 거북할 만하였다. 먼저 그의 꿈 얘기를 들어보자.

"요셉이 그들에게 이르되 청하건대 내가 꾼 꿈을 들으시오 우리가 밭에서 곡식 단을 묶더니 내 단은 일어서고 당신들의 단은 내

꿈을 꾸는 요셉

단을 둘러서서 절하더이다 그의 형들이 그에게 이르되 네가 참으로 우리의 왕이 되겠느냐 참으로 우리를 다스리게 되겠느냐 하고 그의 꿈과 그의 말로 말미암아 그를 더욱 미워하더니 요셉이 다시 꿈을 꾸고 그의 형들에게 말하여 이르되 내가 또 꿈을 꾼즉 해와 달과 열한 별이 내게 절하더이다 하니라 그가 그의 꿈을 아버지와 형들에게 말하매 아버지가 그를 꾸짖고 그에게 이르되 네가 꾼 꿈이 무엇이냐 나와 네 어머니와 네 형들이 참으로 가서 땅에 엎드려 네게 절하겠느냐 그의 형들은 시기하되 그의 아버지는 그 말을 간직해 두었더라"(창세기 37장 6절~11절)

이 꿈들은 요셉이 17세 소년 시절에(창37:2) 꾼 꿈들이다. 물론 이 전에도 요셉은 많은 꿈을 꿔왔을 테지만 이때부터 소위 '예지몽'(豫智夢)을 본격적으로 꾼 듯하다. 요셉의 경우를 보면, 예나 지금이나 특별한 재능이 있는 아이들은 그 재능으로 인해 가족들로부터 시기나 곤욕을 당할 수 있다. 요셉의 부모들은 꿈 얘기를 한 요셉을 꾸짖었으며(창37:10) 그의 형제들은 그렇지 않아도 그에 대한 아버지의 각별한 총애로 불만이었던 차에 그를 더욱 미워하게 되고 급기야 그를 죽이고자 모의하였다.(창37:20) 하지만 그래도 형제라는 점을 감안해서 죽이지는 않고 대신 멀리 애굽으로 팔아버린다.(창37:28) 혹자는 '요셉이 자기가 꾼 꿈을 본인만 알고 잠잠했으면 그런 험한 꼴은 당하지 않았을 텐데'라고 말할 수 있다. 요셉이 침묵했다면, 물론 그의 꿈들로 인한 사달(*사고나 탈이 나다.)은 피했겠지만, 그 당시 강대국이었던 애굽의 총리대신이 되어 하나님의 뜻을 펼 수는 없었을 것이다.

이처럼 알이 때가 되면 부화하듯 개인의 재능도 때가 되면 반드시 드러나게 되는데 그것은 감춘다고 감춰지는 것은 아니다. 나는 이를 '재능의 자기선포'라 부른다. 요셉이 자기의 꿈 얘기를 가족들에게 한 것이 바로 그것이다. 그러므로 부모들은 아이들이 "나는 앞으로 ○○이 될 꺼야!"라고 말한다면, 요셉의 부모 야곱처럼 이것을 마음에 품기 바란다. 아이가 비로써 자기의 재능을 선포했다는 사실을 말이다. 물론 부모는 형제들의 자존심과 화합을 고려해서 그 아이의 선포행위를 꾸짖을 수는 있다.(아마 요셉의 아버지도 이러한 의미에서 요셉을 나무라지 않았을까 추측한다.) 부모의 마음과 자식의 생각은 다르기 때문이다. 부모는 어떤 자식이 잘되면 결코 시기하거나 질투하지 않지만 형제들은 다르다.

재능은 마치 빛과도 같은데 재능이 발휘되면 발휘될수록 그 빛도 비례해서 더욱 찬란하게 빛난다. 일단 빛이 나면 그곳으로 사람들의 사랑과 관심이 몰리게 되는데 이를 형제들이 보고 시기할 수 있다. 나는 이것을 재능의 '블랙홀 현상', 즉 '재능이 발휘될수록 주위 사람들의 관심과 사랑을 기하급수적으로 빨아들이는 현상'이라 부른다.(이는 때때로 BTS의 '아미(Army)'처럼 대규모 '팬덤'층을 형성하기도 한다.)

요셉의 형제들의 경우, 엄밀히 말하자면, 요셉의 재능을 시기했다기보다, 그에 대한 아버지의 총애로 인해 자신들이 받아야 할 사랑의 감소성(減少性)에 대한 시기가 보다 강하게 나타날 수 있다는 것이다. 물론 아버지의 입장에서는 표현의 방식이 좀 다를 뿐 자식 모두를 똑같이 사랑한다고 생각하고 말할 수 있겠지만 자식들의 입장에서 보면 아버지의 착각일 수 있다. 나 역시 두 아들을 키우는 아버지의 입장에서 둘을 똑같이 사랑한다는 것은 불가능하다. 이방원이 골육상쟁의 '왕자의 난'을 일으킨 것도(물론 그가 왕이 되고픈 마음도 있었겠지만) 누구보다 아버지 이성계를 사랑하고 그를 왕으로 세우기 위해 온갖 '궂은 일'을 다했음에도(이성계는 할 수 없었던 정몽주 제거나 개국공신임에도 포상자 명단에서 누락된 것 등) 왕위를, 곧 그에게는 아버지의 사랑을, 자신의 이복동생에게 물려주는 것을 견딜 수 없었던 것이다.

나는 요셉의 12 형제들도 이와 같았을 것이라 생각한다. 그들은 모두 4명의 어머니를 둔 이복형제들로, 남편 야곱의 사랑을 독차지하려는 어머니들 간의 시기와 질투, 경쟁 관계와도 맞물려 있었던데다가 아버지 야곱의 사랑을 많이 받았던 라헬의 소생 요셉, 그것도 늘 자기가 잘났다는 꿈 얘기를 해대는 그를 형제들이 곱게 봤을 리가 없다. 그러므로 재능을 지닌 아이를 가진 부모들은 항상 그의 형제자매들과의 애증관계를 간과해서는 안 된다. 개인심리학의 주창자인 알프레드 아들러의 '형제간 경쟁이론'(혹은 출생 순위 이론)에 따르면 동일한 부모를 둔 형제라도 자신의 출생서열과 부모의 사랑을 독차지하려는 경쟁으로 인해 제각기 다른 성격을 형성한 다고 주장한 바 있다.

예를 들어, 첫째 아이는 태어나서 독자(獨子)인 시기엔 부모사 랑을 듬뿍받으나 둘째가 태어나면서, 좀 과하게 말하면, '찬밥' 신 세가 된다.(적어도 당사자는 그렇게 느낄 수 있다.) 아들러는 첫 아이를 '폐 위된 왕'에 비유했는데 폐위된 왕은 과거의 위치와 사랑의 영광을 찾으려는 노력에도 불구하고 실패하게 된다. 그로 인해 다른 사람 의 애정이나 인정을 얻고자 하는 욕구에 초연해지고 혼자 생존해나 가는 전략을 습득해 나가는데 대개 이들은 안정된 직업(공무원, 교사 등)을 선호한다고 한다. 하지만 이러한 견해는 한국적 정서와는 다 소 거리가 있다. 한국 사회에서 특히 장남은 여전히 부모의 기대주 이며 부모의 눈 밖에 나지 않는 한, 부모의 재산권 분배에 대해서도 상당한 우위를 점하고 있다는 점에서 '폐위된 왕'이라기 보다는 나 름 '명목은 유지하고 있는 왕'이라 할 수 있다.

이러한 장자로서의 권리는 이스라엘 족장시대에 더욱 두드러 지게 나타난다. 아브라함-이삭-야곱-요셉으로 이어지는 부족장 시대에서 '장자권'이란 자식들에 대한 하나님의 축복권과 더불어 부족장의 절대적 권위와 권한-이를테면 아버지의 모든 재산권, 가 솔(家率)들에 대한 절대적 리더십(가솔들의 무조건적 복종) 등-을 가지게 됨을 의미한다. 한마디로 '장자권 계승'은 '왕위 계승'과도 같다고 할 수 있다.(이런 의미에서 장자권을 고작 팥죽 한 그릇에 동생 야곱과 딜(deai)을 한 에서는 정말 무지(無智)했다고 볼 수 있다.)

둘째 아이는 처음부터 형이나 누나를 경쟁자로 인식하고 부모의 사랑을 독차지하기 위해 자기가 그들보다 낫다는 것을 증명하기 위해 부단히 노력한다. 그 결과 둘째는 경쟁심이 강하고 대단히 진취적이며 야망이 큰 성격이 된다. 이들은 사업가나 탐험가 등 대개 모험심이 강한 직업군을 택하는 성향이 강하다.

막내는 동생에게 '사랑의 자리'를 빼앗기는 충격을 경험하지 않고 가족의 귀여움을 독차지하며 자라게 된다. 또한, 자기만의 세계를 구축한 형제자매에게 둘러싸여 독립심이 약할 수 있고 이로 인해 강한 열등감을 경험할 수 있다. 하지만 이런 열등감은 오히려 강한 우월성 욕구를 가지게 만드는 요인이 된다. 따라서 이들은 강한 성취감을 요구하는 스포츠, 예술 분야의 직종을 선택하는 경향이 있다고 한다.('기생충'으로 세계적인 감독반열에 오른 봉준호 감독도 막내다.)

한편, 외동 자녀는 경쟁할 형제가 없으므로 응석받이가 되기 쉬우며 이로 인해 의타심과 자기중심적 에고(ego)가 강하게 나타난다. 남들을 배려하거나 협동하는 것을 잘하지는 못하나 어른들을 어떻게 다루어야 하는지는 잘 안다고 한다. 독자나 막내가 어른들의 사랑을 많이 받는 이유이기도 하다.

어쨌거나 애굽으로 팔려간 요셉은 '바로 왕'의 신하인 친위대장 보디발의 집으로 다시 팔려 가게 된다. 워낙 근면성실하고 일을 잘했던 요셉에게 보디발은 그를 집사장으로 삼고 자기의 소유를 다 그의 손에 맡기게 된다. 하지만 호사다마(好事多魔)라고 했던가! 요셉은 또 한 번 곤욕을 치르게 되는데 이번에는 꿈 때문이 아니라 그의 잘생긴 외모 때문이었다.(창39:6) 평소에 그를 마음에 둔 보디발의 아내가 그를 유혹하기 시작한 것이었다.

"그 후에 그의 주인의 아내가 요셉에게 눈짓하다가 동침하기를 청하니 요셉이 거절하며 자기 주인의 아내에게 이르되 내 주인이 집안의 모든 소유를 간섭하지 아니하고 다 내 손에 위탁하였으니 이 집에는 나보다 큰 이가 없으며 주인이 아무것도 내게 금하지 아니하였어도 금한 것은 당신뿐이니 당신은 그의 아내임이라 그런즉 내가 어찌 이 큰 악을 행하여 하나님께 죄를 지으리이까 여인이 날마다 요셉에게 청하였으나 요셉이 듣지 아니하여 동침하지 아니할 뿐더러 함께 있지도 아니하니라 하루는 요셉이 그의 일을 하러 그 집에 들어갔더니 그 집 사람들은 하나도 거기에 없었더라 그 여인이 그의 옷을 잡고 이르되 나와 동침하자 그러나 요셉이 자기의 옷을 그 여인의 손에 버려두고 밖으로 나가매 그 여인이 요셉이 그의 옷을 자기 손에 버려두고 도망하여 나감을 보고 그 여인의 집사람들을 불러서 그들에게 이르되 보라 주인이 히브리 사람을 우리에게 데려다가 우리를 희롱하게 하는 도다 그가 나와 동침하고자 내게로 들어오므로 내가 크게 소리 질렀더니 그가 나의 소리 질러 부름을 듣고 그의 옷을 내게 버려두고 도망하여 나갔느니라 하고 그의 옷을 곁에 두고 자기 주인이 집으로 돌아오기를 기다려 이 말로 그에게 말하여 이르되 당신이 우리에게 데려온 히브리 종이 나를 희롱하려고 내게로 들어왔으므로 내가 소리 질러 불렀더니 그가 그의 옷을 내게 버려두고 밖으로 도망하여 나갔나이다 그의 주인이 자기 아내가 자기에게 이르기를 당신의 종이 내게 이같이 행하였다 하는 말을 듣고 심히 노한지라 이에 요셉의 주인이 그를 잡아 옥에 가두니 그 옥은 왕의 죄수를 가두는 곳이었더라"(창39:7~20)

이렇게 두터운 신앙심으로 열심히 일한 죄밖에 없었던 요셉은 소위 '성희롱'의 억울한 누명을 쓰고 감옥에 갇히게 된다. (아마도 요셉은 성경상에 기록된 최초의 성희롱 피해자가 아닌가 생각된다.) 이처럼 재능을 가진 사람이 재능으로 인해 어려운 일을 당하는 것만은 아닌 듯하다.

최근 미스터 트롯 7공자 중 한 사람이 몇 가지 문제로 구설수에 오르고 있다. 진위(眞僞)를 떠나 그러한 빌미를 계속 제공하다 보면, 그의 재능에까지 부정적 영향을 미칠 수도 있다는 점에서 팬의 한 사람으로 안타까움이 든다. (최근에 내가 재밌게 봤던 영화 '파파로티'에서 성악천재 건달로 나온 '장호'(이제훈 분)가 그의 실재 캐릭터라는 것, 그리고 영화에 나오는 성악 목소리의 주인공이 그라는 것을 알게 되었다.)

다시 요셉이야기로 돌아가 보자. 감옥에 갇힌 요셉은 변함없이 그를 돌보시는 하나님의 은혜와 똘똘하게 일을 잘하는 업무능력으로 간수장의 눈에 들게 된다. 옥중 죄수 및 제반 사무를 처리하는 간수장의 오른팔로 옥중에서도 그럭저럭 편한 생활을 하던 그에게 잠자고 있었던 그의 재능본능을 깨우는 사건이 일어나게 된다.

"그 후에 애굽 왕의 술 맡은 자와 떡 굽는 자가 그들의 주인 애굽 왕에게 범죄 한지라 바로가 그 두 관원장 곧 술 맡은 관원장과 떡 굽는 관원장에게 노하여 그들을 친위대장의 집 안에 있는 옥에 가두니 곧 요셉이 갇힌 곳이라 친위대장이 요셉에게 그들을 수종 들게 하매 요셉이 그들을 섬겼더라 그들이 갇힌 지 여러 날이라 옥에 갇힌 애굽 왕의 술 맡은 자와 떡 굽는 자 두 사람이 하룻밤에 꿈을 꾸니 각기 그 내용이 다르더라 아침에 요셉이 들어가 보니 그들에게 근심의 빛이 있는지라 요셉이 그 주인의 집에 자기와 함께 갇힌 바로의 신하들에게 묻되 어찌하여 오늘 당신들의 얼굴에 근심의 빛이 있나이까 그들이 그에게 이르되 우리가 꿈을 꾸었으나 이를 해석할 자가 없도다 요셉이 그들에게 이르되 해석은 하나님께 있지 아니하니이까 청하건대 내게 이르소서 술 맡은 관원장이 그의 꿈을 요셉에게 말하여 이르되 내가 꿈에 보니 내 앞에 포도나무가 있는데 그 나무에 세 가지가 있고 싹이 나서 꽃이 피고 포도송이가 익었고 내 손에 바로의 잔이 있기로 내가 포도를 따서 그 즙을 바로의 잔에 짜서 그 잔을 바로의 손에 드렸노라 요셉이 그에게 이르되 그 해석이 이러하니 세 가지는 사흘이라 지금부터 사흘 안에 바로가 당신의 머리를 들고 당신의 전직을 회복시키리니 당신이 그 전에 술 맡은 자가 되었을 때에 하던 것 같이 바로의 잔을 그의 손에 드리게 되리이다 당신이 잘 되시거든 나를 생각하고 내게 은혜를 베풀어서 내 사정을 바로에게 아뢰어 이 집에서 나를 건져 주소서 나는 히브리 땅에서 끌려온 자요 여기서도 옥에 갇힐 일은 행하지 아니하였나이다 떡 굽는 관원장이 그 해석이 좋은 것을 보고 요셉에게 이르되 나도 꿈에 보니 흰 떡 세 광주리가 내 머리에 있고 맨 윗광주리에 바로를 위하여 만든 각종 구운 음식이 있는데 새들이 내 머리의 광주리에서 그것을 먹더라 요셉이 대답하여 이르되 그 해석은 이러하니 세 광주리는 사흘이라 지금부터 사흘 안에 바로가 당신의 머리를 들고 당신을 나무에 달리니 새들이 당신의 고기를 뜯어 먹으리이다 하더니 제 삼일은 바로의 생일이라 바로가 그의 모든 신하를 위하여 잔치를 베풀 때에 술 맡은 관원장과 떡 굽는 관원장에게 그의 신하들 중에 머리를 들게 하니라 바로의 술 맡은 관원장은 전직을 회복하매 그가 잔을 바로의 손에 받들어 드렸고 떡 굽는 관원장은 매달리니 요셉이 그들에게 해석함과 같이 되었으나 술 맡은 관원장이 요셉을 기억하지 못하고 그를 잊었더라"(창40:1~23)

꿈 얘기로 인해 형제들로부터 죽을 뻔하였고 낯선 타국 땅에서 그야말로 산전수전 다 겪었던 요셉에게 이제 꿈이라면 진저리가 날 법도 하건만, 그는 관원장들의 꿈 해석을 마다하지 않았는데 혹여나 그 일로 인해 고향으로 되돌아갈지도 모른다는 실낱같은 희망을 가졌기 때문일 것이다. 화장실 들어갈 때와 나올 때가 다르다고 하듯이 전직을 회복한 술 관장은 요셉의 간절했던 소원을 까맣게 잊어버리고 말았다. 그렇게 세월은 흘러가고 요셉은 하루하루 기다림에 지쳐만 갔는데 그런 그에게 '결정적 순간'은 조금씩 다가오고 있었다. 그 결정적 순간은 '바로 왕'의 꿈으로부터 촉발되었다.

　"만 이년 후에 바로가 꿈을 꾼즉 자기가 나일 강가에 서 있는데 보니 아름답고 살진 일곱 암소가 강가에서 올라와 갈밭에서 뜯어먹고 그 뒤에 또 흉하고 파리한 다른 일곱 암소가 나일강가에서 올라와 그 소와 함께 서 있더니 그 흉하고 파리한 소가 그 아름답고 살진 일곱 소를 먹은지라 바로가 곧 깼었다가 다시 잠이 들어 꿈을 꾸니 한 줄기에 무성하고 충실한 일곱 이삭이 나오고 그 후에 또 가늘고 동풍에 마른 일곱 이삭이 나오더니 그 가는 일곱 이삭이 무성하고 충실한 일곱 이삭을 삼킨지라 바로가 깬즉 꿈이라 아침에 그의 마음이 번민하여 애굽의 점술가와 현인들을 모두 불러 그들에게 그의 꿈을 말하였으나 그것을 바로에게 해석하는 자가 없었더라 마침 술 맡은 관원장이 (요셉을 기억하고 바로에게 그를 천거하자) 바로가 사람을 보내어 요셉을 부르고 그에게 자신의 꿈을 해석하라 한데 요셉이 바로에게 아뢰되 바로의 꿈은 하나라 하나님이 그가 하실 일을 바로에게 보이심이니이다 일곱 좋은 암소는 일곱 해요 일곱 좋

바로 왕의 꿈을 해석하는 요셉

은 이삭도 일곱 해니 그 꿈은 하나라 그 후에 올라온 파리하고 흉한 일곱 소는 칠 년이요 동풍에 말라 속이 빈 일곱 이삭도 일곱 해 흉년이니 내가 바로에게 이르기를 하나님이 그가 하실 일을 바로에게 보이심이라 온 애굽 땅에 일곱 해 큰 풍년이 있겠고 후에 일곱 해 흉년이 들므로 이 땅이 그 기근으로 망하리니 후에 든 그 흉년이 너무 심하므로 이전 풍년을 이 땅에서 기억하지 못하게 되리이다 바로께서 꿈을 두 번 겹쳐 꾸신 것은 하나님이 이 일을 정하셨음이라 하나님이 속히 행하시리니 이제 바로께서는 명철하고 지혜 있는 사람을 택하여 애굽 땅을 다스리게 하시면 이 땅이 흉년으로 말미암아 망하지 아니하리이다 하니 바로가 그의 신하들에게 이르되 이와 같이 하나님의 영에 감동된 사람을 우리가 어찌 찾을 수 있으리요 하고 바로가 그를 총리로 명하고 애굽 전국을 다스리게 하였더라"

(창40:1~43)

결국 요셉이 말한 대로 7년 대풍년에 이어 7년 대흉년이 닥치지만 총리가 된 요셉의 지혜로운 치리로 애굽은 닥쳐올 국난(國難)을 피하고 태평성대를 구가하게 된다. 나중에 요셉은 역시 대기근으로 고생하던 고향의 식솔들을 애굽으로 불러 함께 사는 것을 끝으로 요셉의 파란만장한 이야기는 막을 내린다.

나는 요셉의 사례가 재능을 가진 모든 이들의 '전형 노정'(typical

course)이라 생각한다. 즉, 자신의 재능으로 성공하기까지 숱한 역경과 고난을 겪어야만 한다는 것이다. 그러나 끝까지 포기하지 않는다면 결국에는 성공의 열매를 딸 수 있게 된다. 요셉에게 한 가지 더 배울 만한 것은 자기에게 해코지를 했던 사람들을 너그럽게 용서한 점이다. 총리로 성공한 요셉은 자신을 시기해서 죽이고자 했던 형제들과, 터무니없는 모함으로 자신을 감옥에 보냈던 보디발과 그의 아내에게 충분히 복수하고도 남을 만큼 막강한 권력을 가지고 있었다. 하지만 요셉은 그들 모두를 너그럽게 용서했고, 자신의 힘과 권력을 원한을 푸는 데 결코 사용하지 않았다. 이러한 훌륭한 인품이 그의 성공적인 삶을 더욱 빛내주고 있다.

다윗 역시 약관의 나이로 블레셋의 용장 골리앗을 무찌르고 하루아침에 이스라엘을 구한 민족의 영웅으로 급부상하게 되었다. 이 일로 인해 다윗의 인기와 명성이 자신보다 높음을 시기한 사울 왕은, 후에 그가 자신의 왕위를 빼앗을지도 모른다는 두려움에 그를 죽이고자 함으로 다윗은 졸지에 도망자 신세가 된다. 도망 중에도 다윗은 몇 차례나 사울 왕을 죽일 기회가 있었다. 그러나 다윗은 사울 왕을 살려주는 아량과 왕에 대한 존경심을 보여준다. 결국 사울은 비참한 죽음을 맞이하게 되고 다윗은 그의 뒤를 이어 이스라엘 2대 왕으로 등극한다. 이처럼 따뜻한 인성과 착한 성격은 성공하는 사람들이 갖추어야 할 필수 덕목이자 소중한 정신적 자산이다.

이와는 대조적으로 최근 대스타로 성공한 유명 연예인들의 갑질이 SNS에서 회자되고 있는데 자신의 수족과도 같은 매니저들을 머슴처럼 함부로 대한다는 내용들이다. (물론 성공한 모든 연예인이 그러한 것은 아니다.) 성공한 사람들이 '계영배'로 삼아야 할 것이 있는데 성공의 자리에는 교만, 무시, 갑질 등 불청객들도 한자리 꿰차고 있다는 사실이다. 성공은 성공한 자에게 오직 부귀영화만을 가져다줄 뿐 그것을 지켜줄 책임과 의무는 가지고 있지 않다. 즉, 성공의 자리와 부귀영화를 지키는 것은 전적으로 본인의 몫이라는 것이다. 이러한 맥락에서 나는 '겸손과 예절'이야말로 그들을 지키는 든든한 '보디가드'라고 생각한다. '보디가드'가 없는 VIP는 위험한 것처럼 성공한 사람들 역시 그러하다.

시몬스 침대 TV 광고를 보면 'Manners maketh comfort'(예절이 우리를 편안하게 만든다.)라는 말이 있다. 성공한 사람들은 그렇지 못한 사람들에게 엄청난 부의 격차로 인해 일종의 위화감을 줄 수 있으며 그로 인해 자칫 인간관계가 불편해질 수도 있다. 때때로 그들이 보여주는 부의 과시와 거침없는 언행들이 타인들에겐 거만하게 혹은 굴욕적으로 느껴질 수 있기 때문이다. 앞서 살펴보았던 벤저민의 경우에서 그럴 수가 있다. 문제는 성공과 명예를 지켜주는 겸손, 절제, 예절, 좋은 성격과 같은 미덕들을 성공한 이후에도 갖춘다는 것이 쉽지 않다는 것이다. 물론 이러한 미덕들은 성공여부를 떠나 우리의 삶속에서 원만한 대인관계나 자신의 성숙함을 도모하는데 꼭 필요한 것들이다.

요셉은 애굽으로 팔려간 지 13년 만인 30세에 애굽의 총리가 되었다. 그 나이에 한 나라의 총리가 되었으니 그야말로 대단한 성공을 이룬 셈이다. 하지만 그가 자신의 꿈을 이루기까지 걸어온 험난한 가시밭길을 생각하면 그러한 영광의 자리가 결코 과분하다고 생각되지는 않을 것이다. 그의 사례를 통해 역시 '포기하지 않으면 꿈은 반드시 이루어지며, 하늘은 반드시 스스로 돕는 자를 돕는다'는 성공의 법칙과 원리를 새삼 나의 가슴속에 깊이 새기게 되었다. 이 글을 읽는 독자들도 요셉처럼 훌륭한 인격 수양과 더불어, 어떤 역경과 어려움이 와도 끝까지 자신의 꿈을 포기하지 않고 불굴의 투지로 자신의 재능의 빛을 더욱 찬란하게 밝혀 성공적인 삶을 살아가기를 진심으로 바란다.

제 3 장

아이들의 성공에는 부모의 역할이 중요하다

재활용의 귀재,
리얀 히크만(Ryan Hickman)

사업을 시작할 수 있는 최소한의 나이는 몇 살로 볼 수 있을까? 그야말로 어린 나이에도 성공할 수 있다는 사실을 증명해준 어린이가 있다. 바로, 사업 연령 파괴의 주인공인 리얀 히크만이다. 그는 3살 때 아빠를 따라 재활용품을 수거하는 공장을 갔었다고 한다. 그 후 주변의 이웃들이 재활용품을 분리, 배출하는 것을 어렵게 생각하는 것을 보고 직접 이웃 주민들을 찾아가 재활용품을 수거하여 모으기 시작했다. 4년간 재활용품을 팔아 모은 돈은 4,000만 원. 리얀은 이를 가지고 야심차게 재활용품을 위탁판매하는 회사, '라이언스리사이클링(ryansrecycling)'을 설립한다.

학교에서는 그저 또래들과 놀기 좋아하는 평범한 아이지만, 재활용품만큼은 그냥 넘어가는 법이 없다고 한다. 나아가 "재활용품

재활용품을 모으는 리얀

을 제대로 모으면 해양 오염을 줄여 바다사자를 구할 수 있다"며 환경 운동에도 앞장서고 있다. 리얀이 환경보호운동을 하게 된 것은 그가 여섯 살 되던 해 어느 날, TV 다큐에서 충격적인 장면을 보게 되었기 때문이다. 바로 바다거북 콧구멍에 박힌 플라스틱 빨대였다.(개인적으로 조사해보니 국제적으로 멸종위기종인 올리브바다 거북이였다.)

각종 플라스틱 쓰레기로 고통 받는 바다거북

그 바다 거북이를 살리기 위해 환경운동가들이 콧구멍에 박힌 플라스틱 빨대를 뽑아낼 때 거북이의 신음 소리에 리얀은 충격을 받았고 가슴 아파했다고 한다. 이때부터 리얀은 바닷가로 달려가 날마다 플라스틱을 주워 모으기 시작했다. (실제로 바다 생물들은 플라스틱 쓰레기와 스티로폼 알갱이들을 먹이로 생각하여 삼키고 있다고 한다.)

현재 13살인 그는 7년 동안 모은 캔과 병의 개수가 400,000개를 넘어섰다. 그는 SNS를 통해 지구 환경 정화 운동에 도움을 준 사람들에게 다음과 같이 감사를 표했다.

"Thank you everyone who has helped me clean up the planet. We are all making a difference together!"

("지구 환경을 깨끗하게 만드는 데 도움을 주신 모든 분에게 감사드립니다. 우리 모두 함께 변화를 이루어가고 있습니다.")

리얀이 처음 바닷가에서 쓰레기 수거를 시작했을 때 그의 아버지도 적극 동참했는데 이것이 그에게 큰 힘이 되었다. 리얀이 주워 모으는 쓰레기들은 플라스틱병류, 알루미늄 캔, 우유병 류(주전자처럼 손잡이 달린 플라스틱 통 류) 등인데 어느 한 주 동안 약 15,000개를 모아 팔아서 645달러나 번적도 있다고 한다. 리얀은 대학교에서 공부할 수 있는 교육비를 모을 때까지 이 일을 계속할 것이라고 한다.

불순물이 섞이지 않은 단일 플라스틱병류는 100W 전구 1개를 4시간 동안 충분히 돌리고도 남을 에너지를 갖고 있으며, 재활용으로 새 병을 만들 때 보다 수질오염을 50%, 대기오염은 20% 더 줄일 수 있다고 한다. 그는 재활용 홍보 T셔츠를 제작해서 팔기도 하는데, 거기서 얻은 수익금을 물개(seal)와 바다사자(sea lion)들을 구조하기 위한 의약품과 기타 장비들을 구매하도록 '태평양 해양 포

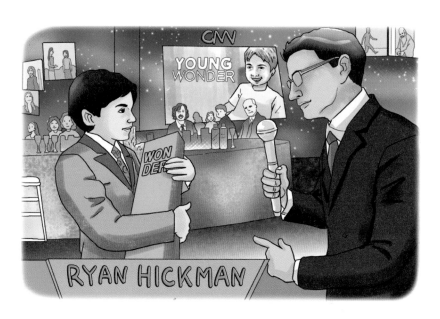

2018년 '영웅 & 경이로운 어린이'로 선정된 리얀

유류 센터'(Pacific Marine Mammal Center)에 기부하고 있다.(기부는 어른들 만 하는 것은 아니라는 사실을 '몸소' 보여주고 있다.) 그는 이렇게 환경보호에 기여한 공로로 각종 이름난 상을 수상한 바 있는데 2017년에 '올해 의 시민상'을 수상했으며, 2018년에는 CNN으로부터 '영웅 & 경이 로운 어린이'로 선정된 바 있다.

그는 지금도 자신의 리사이클링 사업과 환경운동을 병행하면 서 무척이나 '바쁜' 어린 시절을 보내고 있다.

리얀의 성공에는 무엇보다 아빠의 역할이 주효하였다. 먼저 어 린 리얀을 재활용품 수거공장으로 데려간 것이었다.(어떤 이유로 리얀 을 그곳으로 데리고 갔는지는 모르겠지만.) 그 이후부터 리얀은 재활용품에 대한 감각을 일깨우게 되었다. 이런 의미에서 부모들은 자녀들에게 다양한 문화를 체험케 하거나, 특별한 곳들을 견학함으로써 사물에 대한 감각과 안목을 조기에 키워주는 것이 유용하다는 생각이 든 다. 어린아이들에게는 이 세상이 그야말로 호기심 천국이며 '특별 한 경험들'은 그들의 앞날에 큰 영향을 미치기도 한다.

한 가지 사례를 들어보자. 산수 공부가 너무 어렵다고 학교에 가기 싫다는 어린 마가렛을 마차에 태워 엄마는 그녀를 전쟁으로 폐허가 된 마을로 데려간다. 폐허의 현장에서 엄마는 '강한 사람만 이 전쟁에서 살아남는데, 강하기 위해서는 공부를 열심히 해야 한 다'고 마가렛에게 말한다. 전쟁의 참상을 두 눈으로 보고 "네게 끝 까지 남는 것은 오직 네 머릿속에 들어있는 것들뿐"이라는 엄마의 가르침을 가슴에 새긴 마가렛은 그때 "나는 모든 사람의 기억 속에, 영원히 남을 걸작을 만들어 낼 것이다!"라고 결심한다. 세계 문학사에서 불후의 명작으로 꼽히고 있는 마가렛 미첼 여사의 10년에 걸친 대걸작, '바람과 함께 사라지다'(Gone with the wind)는 이렇게 탄생하게 된 것이다. 이처럼 어린 시절의 특별한 경험이나 장소는 아이들의 뇌리에 오래 남으며, 리얀이나 미카엘라의 경우처럼, 어떤 '결정적 순간'과 맞닥뜨리는 순간 황금알을 낳는 아이디어로 변하기도 한다.

리얀은 6살 때부터 재활용품 수거뿐만 아니라 바다 오염으로 고통받는 바다거북을 보고 환경보호에 관심을 보였다고 했는데 이는 순수한 동심(童心)의 발로가 아닌가 생각한다. 다음 장에서 살펴볼 툰베리 역시 어린 나이에 환경운동에 뛰어들었는데 이는 어린아이들이 어른보다 좀 더 자연친화적인 경향을 보여주는 것이다. 이제 리얀은 날마다 바닷가에서 플라스틱들을 주워 모으는 것이 하루의 일과가 되었다. 어른들은 그저 '그러려니'하고 방치 해왔던 바다 오염문제를 이 어린 '꼬마'는 바닷가 쓰레기를 직접 수거함으로 우리에게 적잖은 감동과 경각심을 심어주고 있다. 그의 아빠도 리얀이 하는 일에 기꺼이 동참함으로 그의 하는 일을 지지해 주었는데 아이가 하는 일에 아빠가 함께하는 것만큼 아이의 자신감을 높이는 것은 없다. 환경보호라는 의미 있고 가치 있는 일을 함께해나감으로써 부자간의 결속력은 더욱 다져질 것이다.

바닷가에서 쓰레기를 줍는 리얀(상상한 장면)

　사실 우리나라도 바다 쓰레기 오염문제가 심각한 사회문제로 대두된 지 오래다. 최근 '해양 쓰레기와 플라스틱 문제'를 주제로 열린 제주미래포럼에서는 "사람들은 이미 일주일에 신용카드 1장 분량의 플라스틱을 먹고 있고, 2100년에는 80장 정도를 먹을 것이다"라고 경고한 바 있다. 사람들이 사용하는 플라스틱이 바다로 흘러들면서 많은 해양 생물들이 플라스틱을 섭취하게 되는데, 이런 플라스틱이 먹이사슬을 타고 결국 인간에게 도달하게 된다는 것이다. 모쪼록 우리나라에서도 리얀과 같은 어린 백기사가 나타나 해양오염의 심각성에 대한 경종을 울려주어 하루속히 삼천리 금수강산을 만들어 나가기를 희망한다.

리얀의 리사이클링 사업은 소위 취준생들이나 구직자들의 직업관에 관한 인식의 단초를 제공한다. 그것은 '직업에는 그야말로 귀천이 없다'는 것이다. 만약 '쓰레기 처리사업'을 3D 직종으로 생각하는 취준생이나 구직자들이라면 리얀이 하는 일을 꺼릴 수도 있을 것이다. 심지어 '돈이 되는' 직업이라 할지라도 말이다. 이는 사회적 '체면'을 중시하는 한국사회의 뿌리 깊은 인식의 영향 때문이 아닌가 생각한다. 우리 어른들은 또한 어떠한가? 만약 우리의 자녀들이 대학을 졸업하고 유망직종이 아닌 직업을 택한다면, 리얀의 부모처럼 그들을 믿고 지지해 줄 마음의 준비가 되어 있는가? 이런 것을 생각해볼 때 리얀도 그리고 그의 부모도 훌륭하다고 생각한다. 적어도 직업의 외관보다는 그 직업이 갖는 가치와 의미를 먼저 생각하고 있다는 점에서 말이다. 직업상담사로서 한마디 덧붙이자면, 직업을 뜻하는 독일어 'Beruf'의 본래의 의미는 '소명'(召命)이다. 이는 사람마다 '어떤 특정한 일에 봉사하도록 신의 부름을 받았다'는 뜻이다. 신의 부름이기에 그 어떤 일도 모두 귀하고 가치 있다는 것이다. 그러므로 우리도 리얀이나 그의 부모처럼 직업을 선택할 때에 사회적 체면을 우선시하기보다, 일의 가치와 신념을 더욱 중요하게 생각하게 되기를 바란다. 지금 이 세계는 리얀과 같은 신념에 찬 어린아이들로 인해 '변화'되고 있는 중인데 우리나라도 리얀처럼 세계의 변화와 성장에 동참하는 아이들이 많이 배출되기를 희망해 본다.

세계 환경운동의 쟌 다르크, 그레타 툰베리(Greta Thunberg)

성공한 10대의 아이들이 비단 사업가적인 재능만을 가진 것은 아니다. 그들은 경제 분야뿐만 아니라 문화 예술, 심지어 환경 분야에서도 자신들의 재능들을 유감없이 발휘하기도 한다. 물론 이러한 분야에서의 성공이 반드시 경제적 이득과 연결되는 것은 아니지만, 성공한 사람들은 타인에게 어느 정도의 긍정적인 영향력을 행사한다는 점에서 그들도 성공한 사람들의 범주에 포함 시킬 수 있을 것이다. 한국 가수 가운데 최초로 빌보드 메인 싱글차트에서 정상을 차지하고 K-Pop의 역사를 새로 쓴 BTS 멤버인 제이홉을 예로 들어보자. 제이홉이 팬들에게 "건강 잘 챙기시고, 마스크 잘 쓰고 다니시고, 파이팅!"이라고 말한 동영상을 트윗에 올리자, WHO(세계보건기구) 거브러여수스 사무총장은 "제이홉이 우리에게 마스크 착용의 필요성을 상기시켰다"며 "아미(BTS 팬클럽)와 나머지 세계의 '롤모델'이 되어준 것에 감사하다"는 글을 자신의 트위터에 게재했다. 아마도 BTS만큼 마스크 착용에 관해 이처럼 강력한 메시지를 전할 수 있는 사람들도 드물 것이다. 2019년 BTS의 유튜브 조회수는 무려 42억 뷰를 넘었다. BTS가 음악 분야에서 막강한 영향력을 주고 있는 것처럼 지금부터 살펴볼 그레타 툰베리는 환경 분야에서 그 파워가 대단하다.

스웨덴 출신 배우이자 환경운동가인 스테판 툰베리에 따르면, 그의 딸 그레타는 8~9살 때부터 기후변화에 관심을 보이기 시작했다고 한다. 그녀는 학교에서 기후변화에 관한 공부를 하던 중, 우리 문명을 위협하는 기후변화의 심각성에 아무도 관심을 보이지 않는 사람들을 보며 절망감에 빠졌다고 한다. 그 후 그녀는 약 1년간 휴학하고 집에서 지내는 동안 몸무게도 10kg 빠지며 우울증에도 걸렸다. 그리고 어느 순간 기후변화를 막기 위해 무슨 일이든 해야겠다는 결심이 서자, 드디어 국제환경운동에 출사표를 던지게 된 것이다. 드디어 국제환경운동에 출사표를 던지게 된 것이다. 그녀는 먼저 매주 금요일 스웨덴 의회 앞에서 '배출가스를 줄이라!'고 1인 시위를 한 데 이어 매주 금요일 등교 거부 운동을 하기 시작했다. 툰베리는 중앙일보와 e-메일 인터뷰에서 등교 거부 운동을 금요일에 하게 된 이유를 "내가 주말에 시위했다면 아무도 신경 쓰지 않았을 것"이라며 "메시지를 전하기 위해 등교 거부 시위가 필요했

의회 앞에서 1인 시위 하는 툰베리

다"고 밝혔다.

　그녀의 부모는 결석하면서까지 환경 운동을 하는 그녀의 계획을 지지하지 않았지만, 학교에서는 그녀의 열정이 좋다며 수업 일정을 조정해 금요일에 빠지더라도 모든 학업을 따라갈 수 있도록 도움을 주었다.(우리나라 학교에서도 과연 그럴 수 있을까?) 그녀가 주도한 이 운동은 현재 'Friday For Future'라는 전 세계적인 등교 거부 운동으로 번져나가고 있다. 그녀는 또한 지난해 유럽의회 선거가 치러지던 동안 '환경을 위한 학교 파업'을 주도하였는데 125개국 1,600여 개 도시에서 학교 동맹파업이 진행됐다. 유럽의회 선거결과의 가장 큰 특징은 기후 위기를 '어젠다'로 제시한 진보 성향 녹색당의 약진이었다. 이는 16살 소녀 그레타 툰베리를 중심으로 한 10대들의 환경운동이 도화선이 되었기 때문이다. '더 타임스'는 이번 선거에서 젊은이들이 기후변화 대응을 중시하는 정당을 찍었다며 이를 '그레타 툰베리 효과'라고 말했다.

　그녀는 특히 국내외 정치지도자들에 대해 직설 화법으로 말하는 것으로 유명하다. 그녀는 2021년 파리 기후변화협정 시행을 앞두고, 기후변화를 막기 위한 각 국가와 민간 부문의 행동 강화 계획을 발표하고 공유하기 위해, 미국 뉴욕 유엔본부에서 열린 '기후 행동 정상회의'에서 세계 지도자들의 책임을 추궁하며 다음과 같이 말했다.

"저는 여기 위가 아니라, 바다 반대편 학교에 있어야 합니다. 당신들은 빈말로 내 어린 시절과 내 꿈을 앗아갔어요. 생태계 전체가 무너지고, 대규모 멸종의 시작을 앞두고 있는데 당신들은 돈과 영원한 경제 성장이라는 꾸며낸 이야기만 늘어놓고 있어요. 어떻게 그럴 수가 있나요?"

그녀의 과감하고도 때론 공격적인 환경운동에도 불구하고 노르웨이 의원들은 그녀를 노벨평화상 후보로 추천했다. 하지만 툰베리는 다음과 같이 말한다.

"명망 있는 상에 후보로 추천된 것은 좋지만, 이 운동은 상에 대한 게 아니다. 수많은 주요 인물에게 내가 얘기했지만, 대부분 별로 신경 쓰지 않더라. 다른 이들에 비해 많은 권력과 책임을 짊어진 이들이 많지만, 기후 위기와 관련해선 모두가 평등하다. 나는 그래서 사람들에게 이 위기를 알리는 데 집중한다. 내가 혼자 대통령에게 말하면 아무것도 바뀌지 않을 테니, 같은 목소리를 낼 이들이 필요하다. 이 운동의 본질은 우리가 보다 더 나은 미래를 가질 것인지 아닌지의 문제다."

그녀는 이렇게 10대 소녀답지 않은 성숙하고도 당찬 포부를 과시하면서 노벨평화상 후보추천을 정중히 사양하였다. 대신 그녀는

2019 타임즈, '올해의 인물'로 선정된 그레타 툰베리

2019년 뉴욕 시사주간지 타임에 '올해의 인물'로 선정되었다. 16세의 나이로 '올해의 인물'로 타임지 커버를 장식한 툰베리는 역대 최연소 수상자이기도 하다.

이와 관련해서 재미난 에피소드가 있다. 미국 타임지가 툰베리를 올해의 인물로 선정하고 표지에 싣자, 트럼프 미 대통령은 자신의 트위터에 이런 글을 올렸다.

"너무 웃긴다. 그레타는 분노 조절 문제를 신경 써야 한다. 그리고 친구와 좋은 옛 영화라도 보러 가라. 진정해 그레타, 진정해!"

(So ridiculous. Greta must work on her Anger Management problem, then go to a good old fashioned movie with a friend! Clill, Greta, Chill!)

일각에서는 트럼프 대통령 자신이 타임지에 올해의 인물로 선정되지 못하자 그녀에 대한 질투심에서 이런 '조롱 트윗'을 했다고 한다. 하지만 툰베리는 그의 트윗에 전혀 당황하지 않았는데 그녀는 자신의 트위터 계정에 "분노 조절 문제에 신경 쓰는 청소년. 현재 진정하고 친구와 좋은 옛 영화를 보고 있음"이라고 트윗함으로써 그의 조롱 트윗을 재치있게 받아쳤다. 세계 최강의 대통령과 16세 소녀가 이런 트윗을 주고받는 시대라는 것에 요즘 말로 '현타 온다.' 또한 그녀는 금년에 걸벤키언 인도주의상을 받기도 하였다. 이상은 포르투갈의 칼루스테 걸벤키언 재단이 매년 기후변화 문제에 공헌한 개인이나 단체에 수여하는 상이다. 이 재단에서는 17세의 툰베리를 "이 시대의 가장 주목할 만한 인물 중 한 명"이라고 평가하면서 100만 유로(약 13억 8,000만원)의 상금과 함께 이 상을 수여했다. 물론 그녀는 이 상금을 전액 기증하기로 하였는데 그 중 일부는 브라질 아마존 내 COVID-19 확산을 막기 위한 캠페인에 우선 기부될 예정이다.

아이러니하게도 그녀가 환경운동에 뛰어든 계기는 그녀의 발달장애 때문이기도 하다. 자폐증과 비슷한 '아스퍼거 장애'(Asperger's syndrom)가 있었던 툰베리는 "기후변화에 관한 영화를 친구들과 봤는데, 그들도 신경을 쓰긴 했지만 난 큰 불편을 겪었다. 나에게 자폐증과 같은 증상이 없었다면 이런 일은 일어나지 않았을 것이다. 자폐증은 세상을 다른 방식으로 보는 데 도움을 줄 뿐만 아니라 독창적으로 생각할 수 있게 해준다."고 말했다. 하지만 자폐증이란 알다시피 그리 가벼운 증상은 아니다. 자폐증은 자신의 세계에 갇혀 지내는 상태로 다른 사람과 상호관계가 형성되지 않고 정서적인 유대감도 일어나지 않는 아동기 증후군이다. 일반적으로 자폐아가 그러하듯이, 그녀도 남과 대화하는 것을 좋아하지 않아 외로움을 많이 느꼈고 그로 인해 우울증이 와서 먹지도 못하고, 학교에도 가지 못했다고 한다. 몇 년 후 상태가 다소 호전되자 그녀는 단독으로 행동하기로 결심했는데 이에 대해 그녀는 다음과 같이 말한다.

"내가 다른 사람들과 비슷했다면 (관련 운동을 하는) 그룹을 만들었을 것이다. 하지만 나는 남과 대화하는 것을 좋아하지 않아 혼자 하기로 했다. 자폐증이 없었다면 이런 일은 일어나지 않았을 것이다."

나는 툰베리의 모습을 보며 몇 가지를 생각하게 되는데 하나는 '자폐아'에 대한 인식의 전환이다. 우리는 '자폐아'를 흔히 장기간 치료와 관리가 필요한, 특히 부모나 주위 사람에게 짐이 많이 되는 '애물단지'라고 생각하는 경향이 있다.(나의 친척 중 한 분의 자제가 그와 같아 그의 부모가 마음고생을 심하게 한 것을 본 적이 있다.) 하지만 툰베리는 자폐증 전력을 가지고도 세계적인 환경운동을 훌륭하게 해나가고 있다. 물론, 본인의 재능과 의지에 기인하는 것도 있지만 무엇보다 그녀가 세계적인 환경운동가로 발돋움할 수 있도록 헌신적으로 뒷바라지를 해준 부모의 보이지 않는 수고와 헌신에 주목하고 싶다. 영화 「말아톤」(2005)에 나오는 초원이의 어머니처럼 그들 역시 딸을 위해 많은 수고와 노력을 해왔음은 의심할 바 없다. 툰베리는 자폐증 전력이 있어도 충분히 성공할 수 있다는 가능성을 보여줌으로써 그녀와 같은 처지에 놓인 사람들에게 힘과 용기와 영감을 제공하고 있다.

또 다른 하나는 자녀의 진로발달에 부모의 직업적 영향이 크게 작용한다는 사실이다. 툰베리가 아버지의 뒤를 이어 환경운동가의 길을 가게 된 것은 우연이 아니라고 생각한다. 아마도 툰베리는 어려서부터 환경운동에 투신해 온 아버지의 활동 모습을 눈여겨봤을 것이다. 자연스레 툰베리는 어려서부터 환경보호에 대한 의식이 싹텄을 것이고 그녀의 자폐증은 그녀의 이러한 환경의식을 더욱 심화시키는 계기가 되었을 것이다. 그러므로 나는 혹시라도 툰베리와 같은 자녀들을 둔 부모들에게 이렇게 말하고 싶다. 아이들이 지닌 재능을 발휘하는데 자폐증은 그렇게 큰 걸림돌이 되지 않으니 자녀들에 대한 믿음과 기대를 저버리지 말라고 말이다. 툰베리도 말했듯이, 자폐증이 "세상을 다른 방식으로 보는 데 도움을 줄 뿐만 아니라 독창적으로 생각할 수 있게 해준다"는 사실을 기억하고 우리 아이들이 비록 보통사람들과 세계를 다르게 바라보고 인식하더라도, 그들의 세계관을 이해하려 노력하고 그들이 지닌 재능과 잠재능력 개발에 보다 많은 관심과 노력을 기울여나가야 한다는 것이다.

몇몇 자폐증 환자들은 특별한 능력들을 지닌 경우가 있다. 앞서 언급한 영화 '말아톤'의 초원이의 달리기 능력이나 영화 「레인맨」(1988)에 나오는 자폐증 환자인 레이먼의 뛰어난 기억능력, 그리고 〈데미안〉으로 유명한 독일의 소설가, 헤르만 헤세 역시 자폐증 전력에도 작품 활동을 계속 이어나가 괴테상, 노벨 문학상을 수상할 정도로 자신의 분야에서 최고의 결과를 이루어냈다.

중요한 것은 우리가 이들을 진심으로 이해하고 수용할 때 그들도 자신들의 재능을 발휘하여 성공적인 삶을 살아갈 수 있다는 사실이다. 이들 역시 엄연한 사회공동체의 일원으로서 자신들의 개성과 재능을 발휘하면서 보다 나은 삶을 살 수 있도록 제도적으로도 적극 지원하고 도와야 할 것이다.

툰베리의 사례를 통해 우리가 생각해 볼 수 있는 성공 요인으로는 첫째, 사회현실에 대한 문제의식을 들 수 있다. 로젠탈이나 브레넌의 경우처럼 문제 상황은 우리 주위에 널려있다. 중요한 것은 문제 상황들을 그냥 지나쳐버리지 않고 주의 깊게 관찰하고 그것을 해결할 수 있는 단서를 찾아내는 일이다. 문제 상황을 즉시 해결하지 않고 방치하게 되면, 우리의 감각과 의식은 점점 무뎌져서 얼마 가지 않아 그 상황에 익숙해져 버린다. '깨진 유리창의 법칙'(*깨진 유리창 하나를 그대로 방치하면, 그 지점을 중심으로 범죄가 확산되기 시작한다는 이론으로, 사소한 무질서를 방치하면 큰 문제로 이어질 가능성이 높다는 것을 말함)에서 알 수 있듯, 방치된 문제 상황은 갈수록 악화되기 마련이다.

툰베리는 환경오염 문제해결을 위해 즉각적으로 자신이 할 수 있는 1인 시위를 감행하였다. 그녀는 거창한 이론이나 방법을 제시하지 않았고 자신이 할 수 있는 일부터 찾아서 실천하였다. '천 리 길도 한 걸음부터'라는 말처럼 툰베리의 1인 시위라는 첫걸음은 결국 세계인의 관심과 실천을 이루어내고 말았다.

둘째, 툰베리도 인터뷰에서 말했듯이, 성공하는 아이들은 '세상을 다른 방식으로 보고 독창적으로 생각한다'는 것이다. 독창적인 사고는 어떤 '특별한 상황' 속에서 발견되기도 한다. 세계적인 향수제조가 조 말론의 불우한 가정환경을 특별한 상황의 예로 들 수 있다. 그녀는 가난한 가정생활과 난독증으로 어려움을 겪다가 15세 때 학교를 중퇴하고 생업전선으로 뛰어들었다. 그녀는 "정규 교육을 받지 않은 덕에 남다르게 사고할 수 있었다"고 고백한 바 있다.(그녀의 말대로라면 제도권 교육이 오히려 아이들의 창의력을 제약할 수 있다.) 조 말론이나 툰베리의 경우를 보면 조금 특별한 환경과 경험 속에서 '남들과 다르게 보고 생각하는 힘'이 생겨나고 그것이 곧 창조력의 원천이 되는 것 같다.

끝으로 자신이 하는 일에 대한 목적의식과 사명감을 분명히 하는 일이다. 이는, 자신이 하는 일은 가치 있고 의미 있는 일이며, 이 일을 하는 것이 나의 소명(召命)이라는 확고한 신념을 가져야 함을 뜻한다. J.F.케네디 대통령은 1961년 5월 25일 상원 특별연설을 통해 "10년 안에 달에 미국인을 보내 안전하게 귀환시키겠다"고 발표했다. 그리고나서 NASA 우주센터를 방문하게 되었다. 그는 빗자루를 들고 있는 한 청소부를 보고 무엇을 하고 있는지를 물었다. 청소부는 이렇게 대답했다. "대통령님, 저는 인류가 달에 가는 것을 돕고 있습니다." 만약 그가 "청소 중입니다"라고 대답했다면 그는 한낱 청소부로 끝났을 것이다. 하지만 그는 자신이 하는 일이 '인류가 달에 가는 것을 돕는 일'이라고 말함으로써 미국의 역사적인 달 착륙 프로젝트에 참여한 한 사람이 되었다. 그가 하는 일을 누가 3D 직업이라 부를 수 있겠는가!

페이스북의 마크 저커버그는 회사 초창기 시절, 페이스북의 기업 가치를 알아본 대기업이 회사를 인수하고자 했을 때, 그리고 모든 간부들이 회사를 팔자고 종용했을 때, 홀로 반대했다. 그는 눈앞의 막대한 이익보다도 '온 세계인을 연결시키겠다'는 확고한 목적의식이 있었기 때문이었다. 결국, 회사 간부들이 모두 그를 떠나면서 페이스북은 갈기갈기 찢어졌고 최대의 위기를 맞게 되었다. 그의 나이 22살 때의 일이다. 그럼에도 그는 자신의 목적과 신념을 포기하지 않았고 결국 페이스북을 세계 굴지의 대기업으로 키웠다.(앞서 살펴본 로젠탈 역시 마크 저커버그처럼 대기업의 인수제안을 거절하고 자신의 회사를 지켰는데 그의 회사 역시 대기업으로 성장할 것을 확신한다.)

나는 목적의식과 신념이 있는 사람은 어떠한 도전과 역경도 헤치고 나갈 수 있다고 믿는다. 툰베리 역시 '기후변화로부터 지구를 지키겠다.'는 분명한 목적의식과 신념이 있었기에 어린 나이에도 불구하고 위대한 업적을 남길 수 있었다. 모쪼록 툰베리의 건승을 기원하며 우리나라에서도 제2의 툰베리가 나오기를 기대한다.

3

95억 빌딩 매입한 6살 유튜버 '이보람'

지난 여름, 강남의 중심가에 위치한 95억 대 건물을 매입했다는 6살 유튜버의 소식에 세간의 이목이 집중됐다. 화제의 유튜브 채널명은 '보람 튜브'로 자그마치 3,380만 명(보람 튜브 브이로그 1980만명+보람 튜브 토이리뷰 1400만 명)의 구독자를 보유한 막강한 채널이다. 이제 6살인 이보람 양의 일상생활이나 장난감을 가지고 노는 영상 등을 만들어 제공하는 채널로 국내 유튜브 콘텐츠 중 최고의 광고 수익을 올리고 있다. 미국의 유튜브 분석 사이트인 〈소셜 블레이드〉에 따르면, '보람 튜브'는 한국 유튜브 채널 가운데 광고 수익 1위로 월 수익은 160만 달러(약 19억 원)에 달한다고 한다. 여기에 '보람 튜브'와 같은 계열의 '보람 튜브 브이로그'로 인한 수익 150만 달러(17억 8,000만 원)를 추가하면 매달 최소 310만 달러(37억 원) 이상의 매출을 올리고

보람 튜브 '토이 리뷰'의 이보람

있는 셈이다.

　수익이 이처럼 높은 이유는 '보람 튜브'의 구독자가 국내에만 국한되지 않기 때문인데 '보람 튜브'에는 한국어뿐만 아니라 영어, 일본어, 스페인어, 아랍어, 헝가리어 등 다양한 국가들로부터 댓글이 달리고 있다. 일반적으로 선진국의 광고 단가가 한국 내의 광고 단가보다 높게 책정되는데 이 역시 '보람 튜브'가 고수익을 올리는 이유다.

　그렇다면 '보람 튜브'의 인기 비결은 뭘까. 첫째, '아동 친화성'을 꼽을 수 있다. '보람 튜브'의 메인 콘텐츠인 '토이 리뷰'는 제품에 대한 설명보다는 주인공 보람 양이 장난감을 가지고 노는 자연스러운 모습에 초점을 맞춘다. 코믹한 설정과 익살스러운 효과음, 컴퓨터 그래픽(CG) 등 아이들이 좋아할 만한 요소도 갖췄다. 내용도 한 편의 짧은 만화처럼 구성돼 있어 아이들이 편하게 볼 수 있다.

　둘째, 언어형식보다는 비언어형식으로 메시지를 전달한다는 것이다. '보람 튜브' 영상엔 말이 거의 등장하지 않는데 단지 보람이가 재미있게 노는 장면, 등장인물들의 표정과 제스처를 통해 내용을 전달한다. 한국어를 몰라도 영상만으로 충분히 즐길 수 있도록 만들어져 있다. 메라비언의 법칙(The Law of Mehrabian)에서도 증명된 바와 같이 커뮤니케이션에 있어서 말을 통한 언어적 형식(7%)보다는 동작, 표정, 목소리, 제스처 등 비언어적 형식(93%)이 차지하는 비율이 월등히 높기 때문이다. 이처럼 낮은 언어장벽으로 '보람 튜

최근 3억 3천 회의 영상 조회 수를 기록한 보람 양의 '짜왕' 광고

브'는 두터운 글로벌 팬층을 확보할 수 있었다.

셋째, 아이템과 메인 타겟을 '안방용'(국내용)이 아닌 '정원용'(국제용)으로 확장시켰다는 점이다. '보람 튜브'는 제공하는 영상에 영어 제목과 자막을 달아 외국 이용자들의 접근가능성을 높였다.

넷째, '오락 기능'뿐만 아니라 '교육 기능'까지 제공하고 있다는 점이다. '보람 튜브'는 '영어 동요'나 '색칠공부'를 자연스럽게 따라 할 수 있는 '교육적 기능'으로 인해 국내외 학부모에게도 인기가 높다. '보람 튜브'의 세계적 성공에 힘입어 '보람패밀리'는 법인 사업 목적에 디지털 콘텐츠 제작 및 유통업, 장난감 제조 유통업, 엔터테인먼트 관련 사업, 키즈 카페 및 관련 프렌차이즈 사업 외 부동산 경영관리 매매 및 임대업까지 포함해 놨다고 한다. 그저 재미 삼아 시작했던 '보람 튜브'는 이제 기업이 되었다.

'보람 튜브'와 비슷한 사례는 해외에서도 찾아볼 수 있다. 장난감을 재미있게 가지고 놀았을 뿐인데 1년간 무려 244억을 번 7살 유튜버 스타가 있다. 유튜브 채널 〈라이언 토이스리뷰〉를 운영 중인 라이언이 그 주인공이다. 2015년 부모의 도움으로 유튜브를 시작한 라이언은 장난감을 가지고 노는 영상을 올렸다. 장난감에 대한 솔직한 평가로 또래 친구들의 주목을 받았고, 4년 만에 2,240만 명의 구독자를 모았다. 여기서 끝이 아니다. 월마트에 장난감과 의류 컬렉션을 단독 납품하는 〈라이언스 월드〉를 론칭 했다. 그가 번 돈의 15%는 신탁회사 '쿠건'에 적립되는데 미 캘리포니아주에서는 라이언 같은 미성년자 스타들이 벌어들인 수입의 15%를 모았다가 성인이 됐을 때 주는 법률이 있기 때문이다. 나머지 수입은 유튜브 동영상 촬영비 및 관리비, 그리고 제품 구입비 등으로 사용한다고 한다.

보람이와 라이언의 성공은 앞서 본 아이들과는 다르다고 할 수 있다.. 후자의 경우, 주로 아이들의 아이디어나 재능이 성공의 방아쇠가 되었다면, 전자의 경우는 처음부터 부모 주도하에 이루어졌다는 것이다. 맞벌이하던 보람이의 부모는 유튜브를 즐겨 보던 보람이와 유튜브를 보면서 같이 놀아주곤 했는데, "우리도 보람이랑 유튜브 찍으면서 놀아주면 어떨까?"라고 생각해 유튜브를 시작하게 되었다고 한다. 라이언 역시 부모의 도움으로 유튜브를 시작한 케이스다. 이것이 시사하는 바는 무엇일까? 두 가지를 말하고 싶다. 첫째, 지금 우리가 살고 있는 시대는 바야흐로 '유튜브 시대'라는 것이다. 과거 로마의 전성기 시대에는 모든 길이 로마로 통했다면, 작금의 글로벌 시대에는 모든 길이 유튜브로 통한다고 해도 과언이 아니다. 유튜브 길(you tube way)을 좀 더 이해하기 위해서는 다음의 두 가지 기능을 살펴볼 필요가 있다.

하나는, 방대한 지식과 정보를 공유함으로써 지구적 차원의 소통을 가능케 해 주는 광역네트워크 기능이라는 것, 다른 하나는, 문화 아이템을 팔고 사는 글로벌 시장 기능이라는 것이다. 쉽게 말하자면, 유튜버가 제공하는 동영상 자료가 그의 아이템을 파는 행위가 되는데, 그것을 보고 구독자가 "좋아요"라고 클릭하는 것이 그 아이템을 사는 행위인 것이다. 물론, 돈을 지불하는 것은 구독자들이 아니라 광고주들이다. 구독자가 많을수록 광고비는 상승하게 되고 유튜버들의 수입도 증가하게 된다. 이는 유튜브 수입의 본질이 광고에 있음을 의미하는 것이다.

둘째, 그러므로 유튜브를 아는 부모는, 이보람의 부모처럼, 내 아이도 유튜브 스타로 만들 수 있는 가능성이 열려있다. (그 역도 마찬가지라고 생각한다.) 그래서 나는 결혼을 앞둔 '밀레니엄' 커플들에게 이 말을 꼭 해주고 싶다. 신랑 신부 수업과목에 '유튜브 마스터' 과목을 꼭 집어넣으라고 말이다. 나는 '보람 튜브'를 포함한 유튜브 비즈니스 시장이 더욱 폭발적으로 확대될 것으로 전망한다. 그리고 이 시장의 중심에 우리 한국 유튜버들이 군림하게 될 것이라고 확신한다. 이렇게 말하는 이유는 우리나라 밀레니엄 세대들, 즉 디지털 네이티브(digital native)들의 잠재능력, 곧 창의력과 디지털 테크놀로지 수행능력을 믿기 때문이다. 나는 감히 이렇게 말하고 싶다. "유튜브를 잡는 자가 세계(문화)를 지배한다."고 말이다.

이번 코로나 사태가 직장과 사회를 'Zoomer'와 'Non zoomer'로 나누듯이 유튜브 시대도 'You tuber'와 'Non You tuber'로 나누게 될 것이다. 유튜브는 '디지털 놀이마당'과도 같다. 남녀노소는 물론, 특히 연령층의 제한이 없다는 것이 강점이다. 어디서나 볼 수 있는 평범한 할머니 '코리아 그랜마'(Korea Grandma)란 이름표를 달고 세계적으로 이름을 알리고 있는 박막례 할머니도 107만 명의 구독자를 보유한 우리나라의 대표 크리에이터 중의 한 분이다. 그러므로 누구든지 자기가 좋아하고 잘하는 '이바구'를 가지고 들어오면 된다. 운이 좋아 이바구가 히트 치면 예상외의 수입도 올릴 수 있다. 하지만 어디까지나 '놀이'가 '염불'이고 '머니'(money)는 '잿밥'이라는 사실을 알았으면 한다. '잿밥'에 목숨 걸다 보면 크게 실망할 일이 생길 수도 있기 때문이다.(물론 직업 유튜버들에게는 다른 문제다.) 그저 맘 편안하게 부담 없이 즐기면서 하라는 말이다.

중국의 진수가 쓴 〈삼국지〉 위지 동이전에 따르면 우리 민족은 '가무(歌舞)를 즐기는 민족'이라 한다. 가무 DNA를 십분 발휘하여 유튜브 놀이마당에서 신명나게 놀다 보면 '인터넷 강국'에 이어 '유튜브 강국'이라는 타이틀을 또 하나 목에 걸지도 모른다.

하지만 일각에서는 '보람 튜브'의 엄청난 성공에 우려하는 목소리도 있다. 첫째, 아동학대 논란이다. 2017년 세이브더칠드런(Save the children)이 '보람 튜브', 태희의 '해피하우스' 및 여러 아동 유튜브 채널을 아동학대 혐의로 고발한 적이 있다. 이 채널들이 유아에게 정신적 고통을 줄 수 있는 자극적인 행동이 담긴 영상을 불특정 다수에게 배포해 금전적인 이익을 취했다는 이유였다.

일례로 '보람 튜브'는 보람 양에게 아빠 지갑에서 돈을 훔치는 상황을 연출하게 하거나, 보람이가 실제 자동차를 운전하는 모습, 심지어 출산을 연출하는 영상을 내보냄으로 문제가 됐다. SBS 방송 '그것이 알고 싶다'에서도 '보람 튜브'와 관련하여 아동 유튜브의 실태를 방영한 바 있었다. 처음엔 부모와 즐겁게 유투브 영상을 시작했을지 몰라도 싫은 순간이 있을 수 있고, 영상을 위해선 결국 '놀이'가 아닌 '일'이 돼야 하는 순간이 올 수밖에 없었을 것이다. 상업적 컨텐츠를 만들기 위해 문제의 소지가 될 수 있는 특정 활동이나 상황을 아이들에게 강요했을 수 있다는 것이다. 그러한 상황이 오게 되면 아이들의 인성이나 정서발달에 적잖은 장애가 될 수도 있을 텐데, 그럼에도 엄청난 유튜브 수익을 눈앞에 두고 일을 포기할 수 있겠느냐는 것이 방송에서 지적한 부분이다.

나는 방송에서 지적했던 내용과 일부 아동학대 비판에 대해 부모들이 충분한 대비책과 미래 전략을 가지고 있을 것이라고 생각한다. 방송에서 우려한 것처럼 보람이의 부모가 눈앞의 막대한 수익을 위해 보람이가 싫어해도 유튜브 방송을 계속하도록 강요할 것이라는 점에 대해 논의해 보자.

과연 그러할까? 주위 사람들이 우려하는 바는, 보람이의 안위를 위해서라고도 하지만 보람이를 통해 부모들이 벌어들이는 막대한 수익에 대한 일종의 시기와 질투에 따른 것일 수 있다. 아마도 그들은 보람이가 그의 또래들에게서 흔히 보이는 '투정'이나 '짜증'만 부려도 그것이 더 많은 수익을 내기 위한 부모의 무리한 방송 강요 탓으로 확대해석할 수 있다. 하지만 나는 누구보다 보람이를 사랑하는 부모가 '현명한 선택'(보람이의 정서와 비즈니스와의 발란스)을 할 것이라고 믿는다. 물론 보람이 부모도 이러한 지적이나 비판들을 겸허히 받아들이고 콘텐츠 제작에 보다 세심한 주의를 기울여야 할 것이다.

두 번째는 '보람 튜브'와 유사한 유튜브 채널 간의 표절 시비다. 참신하고 다양한 것보다는 익숙한 걸 좋아하는 아동 심리를 좇다 보니, 어떤 썸네일이나 컨텐츠가 뜨게 되면 동종의 유튜버들이 쉽게 표절하는 경향이 있다. (그들은 어디까지나 '벤치 마킹'이라 하겠지만.) 유사 자료들이 양산되다 보니 오리지날 컨텐츠의 고유한 가치가 상대적으로 하락할 수 있다.(짝퉁이 많다 보면 본의 아니게 오리지날도 이미지 손상을 입을 수 있다. 최근 치킨 프랜차이즈 '프라닭'이 '프라다'의 상표권과 관련해서 소송전을 치른다는 기사를 읽은 적 있다.) 이미 '보람 튜브'의 아류 콘텐츠도 즐비하다. 이런 후발주자들의 추격을 따돌리고 '보람 튜브' 본연의 아성을 지켜나가기 위해서는, 독창적이고 창의적인 콘텐츠를 끊임없이 개발하여 경쟁우위를 지켜나가는 것이 과제라 할 수 있다. 또한 동종(同種)의 유튜버들도 순수창작은 아니더라도 최소한 '창조적 복제'(creative cloning)정도는 해나가려는 노력이 필요하다고 생각한다.

엄격히 말하자면 '미스터 트롯'은 '미스 트롯'의 아류작이라 할 수 있다. 참가자들의 모집방식, 진행방식 등 거의 모든 포맷이 동일하다. 그럼에도 '미스터 트롯'이 '미스 트롯'의 성공을 뛰어넘을 수 있었던 것은 '미스터 트롯'이 '미스 트롯'에서는 볼 수 없었던 노래와 태권도의 앙상블, 역동적인 군무, 아크로바틱한 봉춤 그리고 최연소 참가자(정동원)와 최고령 참가자(장민호)와의 1:1 대결 등 다양한 볼거리와 이야기들로 연일 화제가 만발했기 때문이다. 그저 베끼거나 약간의 가공만으로 만든 작품은 결코 팬들의 사랑을 받을 수도 없고 정상에 설 수도 없다. 그럼에도 여전히 창작의 고통을 회피하고 쉽게 돈을 벌려는 사람들로 인해 유튜브 시장의 질서와 공정경쟁을 위한 컨텐츠 특허나 저작권 문제들이 제기될 가능성도 배제할 수 없다고 생각한다.

셋째, '보람 튜브'가 발전하기 위해서는 주식회사 '보람패밀리'의 최대 주주로 있는 보람이의 부모도 회사 경영뿐만 아니라 처세 및 이미지 관리를 잘해야 한다고 생각한다. 최근 '보람 튜브' 영상 편집자를 최저시급을 주고 모집한다는 구인광고로 인해, 거액의 돈을 벌면서도 직원에 대한 대우는 야박하다는 구설수에 오르기도 했다. 그들 회사의 이미지는 곧 보람이의 이미지가 된다는 마음으로, 소탐대실(小貪大失)의 우(愚)를 범하지 않기를 바란다.

이와 더불어 '보람 튜브'의 주 수입원이 광고수익에 있는 만큼, 최근 논란이 되고 있는 유튜버와 인스타그래머들의 '뒷광고' 문제도 타산지석의 교훈으로 삼아야 할 것이다. '뒷광고'란 광고비를 받고도 밝히지 않는 행위를 통칭하는데, 공정거래위원회는 이 '뒷광고'를 소비자 기만 광고의 일종으로 보고 불법행위로 금지하고 있다. 유튜브 시청자들은 유튜버가 만드는 콘텐츠와 유튜버 개인의 도덕성을 분리해 생각하지 않는 만큼, 양심과 정직을 기반으로 한 정도경영을 해나가기를 바란다.(참고로 보람이의 '짜왕' 광고는 '뒷광고'가 아니라는 점을 분명히 해 둔다.)

끝으로 앞서 보았던 어텀이나 리얀, 그리고 김단슬과 같이 자신이 이룬 부(富)의 일부를 사회에 환원함으로써 기업의 책임감과 이미지를 제고하는 것도 중요한 일이라고 생각한다. 머지않아 당당히 10대 CEO에 등극할 보람이의 밝은 미래를 기대하며 '보람패밀리'의 건승 또한 기원한다.

제 4 장

글로벌 네트워크를 잡는 자가 성공한다

비트코인 백만장자,
에릭 핀맨(Erik Finman)

미국 아이다호주에서 태어난 에릭은 지난 2011년 그가 12살 때 저축으로 모은 용돈으로 비트코인을 처음 구입했다. 당시 1BTC(bitcoin)의 가격은 약 12달러였는데 에릭은 1,000달러 어치의 비트코인을 구입했다. 2년 뒤에는 비트코인의 가치가 100배 가까이 상승하면서 그는 10만 달러 상당의 자산을 보유하게 되었고 이어 '보탱글'(Botangle)이라는 회사를 설립하여 교사와 학생이 화상 채팅으로 수업을 진행하는 사업을 하였다. (코로나가 발생하기 1~2년 전에 이 회사를 설립하였다면 제 2의 '대박 신화'를 만들었을 것이다.) 2015년에는 회사를 처분하고 비트코인 300개를 구매하였는데 당시 개당 가격은 200달러였다. 다소 비싼 가격이라 생각했지만 그는 비트코인의 가치가 향후 수년간 엄청난 규모로 커질 것이라고 예견하고 주저 없이 구매하였

비트코인 투자로 번 돈을 자랑하는 에릭

다. 그의 예견은 적중했고 비트코인 가격이 연일 상승하면서 18세 나이에 그는 백만장자 명단에 이름을 올렸다.

그는 한 인터뷰에서 자신이 소유한 BTC 가치에 대해서 "지금 비트코인이 개당 천만 원 정도고 제가 401개를 가지고 있으니 대략 400만 달러(40억)이네요, 지금은"이라고 밝힌 바 있다. 그가 "지금 은"이라고 덧붙인 이유는 비트코인의 가격변동이 심해 언제 얼마가 될지 정확히 예측할 수 없기 때문이다. 하지만 에릭은 비트코인을 둘러싼 우려에도 불구하고 가상화폐의 성장을 믿고 있다. 그는 다음과 같이 자신한다.

"더 나은 경쟁자가 나타나기 전까지는 비트코인이 사라질까 우려할 필요가 없어요. 가상화폐는 계속해서 존재할 겁니다. 가상화폐는 무조건 성공할 겁니다."

에릭은 지금 세계를 여행하며 그와 함께 자신만의 가상화폐를 만들 팀 멤버들을 찾고 있다.

한 가지 재미난 사실은 미국 부모나 한국 부모나 그들에게 있어 자식의 대학 진학은 선택이 아닌 필수인 모양이다. 하지만 정말로 공부가 체질에 안 맞는 아이들도 있게 마련인데 에릭도 그중 한 명이었던 것 같다. 그는 학교생활에 적응하지 못해 자퇴를 결심한 후 부모님과 '내기'를 했다고 한다. 18살이 되는 해까지 백만장자가 되면 대학에 가지 않기로 말이다. 결국 그는 내기에 이겼고 대학 진학 대신 비즈니스의 길을 택했다. 지금까지 봐왔고 앞으로도 계속 보겠지만 10대에 사업의 맛을 들인, 원색적으로 말해서, '돈의 맛'을 본 아이들은 대부분 공부보다는 사업가의 길을 가는 것을 알 수 있다. 마치 영화 '졸업'에서 로빈스 부인과의 사랑에 빠진 벤저민이 또래들의 고만고만한 데이트가 시시해 보이듯 사업에 빠진 아이들에게는 또래들의 학창시절은 마치 소꿉장난처럼 보일 수 있다.

내가 주목하는 대상은 '돈이면 돈', '공부면 공부'처럼 확실하게 자신의 노선을 알고 가는 아이들이 아닌, 이 길로 가야 할지 혹은 저 길로 가야 할지를 고민하거나 망설이는 아이들이다. 분명한 노선이 정해지지 않았다면 일단 그 두 가지를 병행하라고 나는 말하고 싶다. 만약 학과 공부가 재미없다면 자기가 좋아하는 것을 찾아서 공부하기를 바란다. 맞춤 양말로 '대박' 난 브레넌처럼 말이다. 그는 직물인쇄에 필요한 지식과 기술습득을 오로지 독학으로 마스터했다. 성공을 위한 지식은 꼭 학교 내에만 있는 것은 아니다. 미국 현대 문학의 아버지라 일컬어지고 있는 소설가, 마크 트웨인은 "학교 교육 따위가 내 배움을 방해할 수 없다"고 말한 적이 있는데 학교에서 배운 것만이 배움의 전부는 아니라는 뜻일 것이다. 벤자민 디즈레일리도 "많이 보고 많이 겪고 많이 공부하는 것이 배움의 세 기둥"이라 말한 바 있다. 그러므로 사업을 하던지 대학을 가든지 공부는 절대 포기하면 안 된다. 내가 말하는 공부는, 학교 공부와 같은 제도권 교육뿐만 아니라 폭넓은 독서를 통한 다양한 분야의 지식과 정보, 비즈니스에 필요한 전문기술의 습득을 포함한다. 독서가 감추고 있는 한 가지 비밀은 그것이 마치 박카스와도 같이 정신의 피로를 씻어주며 활력을 제공해 준다는 것이다. 미셸 드 몽테뉴는 다음과 같이 말한다.

"내가 우울한 생각의 공격을 받을 때 내 책에 달려가는 일처럼 도움이 되는 것은 없다. 책은 나를 빨아들이고 마음의 먹구름을 지워준다."

그러므로 '독서는 나의 힘'이라고 말하라. 나폴레옹, 세종대왕, 링컨, 에디슨, 빌 게이츠 등 한 시대를 풍미했던 인물들 모두 알아주는 '독서광'이었다는 사실을 우리는 기억할 필요가 있다. 그들은 힘들고 어려울 때마다 누군가를, 혹은 그 상황을 불평하기보다는 책을 읽고 반성과 통찰을 통해 힘과 용기와 지혜를 얻고 모든 역경을 이겨 나갔다고 나는 확신한다. 그러므로 다람쥐가 도토리를 모으듯이 우리도 독서를 통해 날마다 마음의 활력을 비축하도록 하자. 반드시 독서의 혜택을 누릴 날이 올 것이다.

다음으로 자기가 좋아하는 일이나 취미를 좀 더 진지하게 생각해 보는 것이다. 여기서 '진지하게'라는 것은 좋아하는 일이나 취미를 직업으로 연결시킬 수도 있다는 의미다. 앞서 내가 공부에 대해

강조한 것은 이를 염두에 두고 한 말이다. 자기가 좋아하는 일이나 취미를 직업으로 연결시키기 위해서 관련된 전문지식과 기술습득은 필수적이므로 이를 위해 미리미리 꾸준하게 공부해 놓으라는 것이다.

에릭은 "이제는 누구든 인터넷만 있으면 어디에서나 일할 수 있다"고 말한다. 일은 직장에서만 하는 것이 아니다. 일례로 유튜버들에겐 개인 사무실이나 집이 곧 일터다. 특히 코로나 상황으로 인해 재택근무가 확대되면서 일터의 공간적 개념도 점점 변화되고 있다. 시장 또한 시공간 제약이 없는 온라인 글로벌 시장이 대세를 이룬지 오래다. 여기에 여러분의 아이디어 상품을 팔기만 하면 된다. 상품홍보는 SNS에 하면 된다.

사실 10대 CEO들은 우리 한국에서 많이 나와야 정상이다. 왜냐하면 우리나라는 자타가 공인하는 인터넷 강국이기 때문이다. 가구당 인터넷 보급률은 99.5%로 세계 1위를 차지하고 있다.(2018년 기준) 미국, 중국, 일본 등은 20위권 이내에도 들지 못하고 있다.(영국 5위, 독일 6위, 프랑스 15위) 인터넷 속도 역시 우리나라가 제일 빠르며 노르웨이, 스웨덴, 홍콩이 그 뒤를 잇고 있다. 일본은 8위, 미국이 10위에 랭크 돼있다.(고화질 영화 한 편 내려받는데 우리나라는 고작 7초밖에 걸리지 않는 반면 미국은 64초 정도가 소요된다.) 뿐만아니라 스마트폰 보급률도 95%로 단연 세계 최고다. 인터넷 비즈니스를 해나가는데 필요한 국가 차원의 인프라도 구축되어 있다. 개인의 능력 면에서도 이야기 해보자. 직업적성검사 영역에는 손으로 정교한 작업을 할 수 있는 능력으로 손 재능 항목이 있는데 한국인의 능력이 단연 탁월하다. 나의 누이는 미국에서 네일 아트 일을 하고 있다. 이 업계에서 제일 잘 나가는 사람들이 한국 사람들과 베트남인들이라고 한다. 기량과 스킬은 물론, 섬세한 손기술은 역시 다른 나라가 한국 사람을 도저히 따라갈 수 없다고 한다. 또한 빠른 손놀림과 순간 판단이 요구되는 세계 인터넷 게임리그에서도 한국 프로게이머들은 늘 상위권에 속해 있다. '지능지수'(IQ)면에서도 한국은 홍콩에 이어 2위를 차지할 정도로 머리가 좋다. 우리나라는 10대 CEO 전성시대를 위해 무엇 하나 부족할 것 없는 조건들을 갖추고 있다. 그렇다면 무엇이 문제인가?

첫째, 오직 대학 진학과 취업이라는 틀 속에 이이들의 꿈과 희망을 가둬두려는 것이다. 아이들이 어려서부터 자신이 하고 싶은 일들을 스스로 선택하고 해나갈 수 있는 풍토가 조성되어야 하는데 우리나라 현실은 전혀 그렇지 못하다. 야자에, 학원에 밤늦도록 공부해서 명문대를 가고 졸업 후에 9급 공무원 시험에 그토록 몰리는 상황을 나는 이해할 수 없다.(2015년 9급 공무원 교육행정직의 경우에는 무려 734대 1의 경쟁률을 보였다.) 물론 공무원이라는 직업에 뜻이 있어 그 길로 가는 사람도 있을 것이다. 하지만 취업난과 정년 압박으로 인해 소위 '안전빵'으로 그 길을 선택하는 꿈 많은 청춘들을 볼 때 서글퍼지는 것도 사실이다. 나는 여기서 우리나라 교육제도나 시스템을 비판하려는 것이 아니다. 아이들에게 숨을 쉴 여유를, 곧 자신의 미래에 대해 고민하고 자기가 원하는 일들을 조금이나마 할 수 있게 시간과 여건을 보장해 주자는 것이다.

둘째, 아이들이 '직업놀이'를 할 만한 놀이터가 없다는 것이다. 앞서 미카엘라 사례에서 보았듯이, 그녀가 자신의 비즈니스를 펼치게 된 계기가 된 것은 청소년 사업가를 위한 지역 행사였다. 우리도 이와 같은 행사들을 학교와 지자체가 연계해서 개최하거나 청소년을 위한 창업박람회 행사들을 적극적으로 해나갈 필요가 있다. 국가 차원에서도 이 같은 학교-지역 행사들을 장려하는 동시에 청소년 창업프로그램들을 적극적으로 지원해야 한다. 그리하여 10대들의 창업의식을 제고하고 기업가적 기반을 마련해 나가야 하는 것이다. 지금은 국가나 기업차원에서 10대 청소년들을 CEO로 육성할 수 있는 전략과 로드 맵을 구상해야 할 때라고 생각한다.

에릭이 비트코인 투자로 백만장자가 되었다는 이야기를 이 책에서 소개하는 것이 솔직히 부담스러운 점도 있다. 비트코인 투자는 매우 불확실하며 불안정하다고 말할 수 있는데 이는 수익이 높은 만큼 리스크 역시 크다는 것을 의미한다. 에릭 역시 이 점을 간과하고 있지는 않다. 최근 한 인터뷰에서 "비트코인이 마이스페이스(MySpace)처럼 사라질까요? 아니면 페이스북, 구글, 아마존처럼 더 성장할까요?"라는 질문에 그는 답하기를, "모르겠어요. 하지만 저는 분산 투자했어요. 다른 가상화폐에도 투자하고 가상화폐가 아닌 것에도 투자했죠. 하지만 저는 가상화폐를 정말 좋아하고 미래에도 남을 거로 생각해요"라고 말한 바 있다. 이는 처음에 그가 비트코인 투자에 대한 '확신'에서 '신중'으로 한 걸음 후퇴한 것처럼 보인다. 하지만 BTC의 불안정한 가격에도 불구하고 실리콘 밸리 투자자들을 비롯한 유명인, 일반인의 관심은 나날이 높아지고 있는 것도 사실이다. 이른 나이에도 그는 확실히 사업가다운 면모를 보이고 있다. 사업가로서 필요한 자질, 곧 확고한 신념과 추진력, 그리고 신중한 선택과 미래전략 마인드를 갖추고 있으니 말이다.

내가 말하고 싶은 것은 우리도 비트코인에 주목하자는 것이 아니다. 에릭의 사업가적 기질을 벤치마킹하자는 것이다. 이를테면 저축에 관한 마인드나 저축한 돈을 사용하는 방법에 대해서 말이다. 에릭은 12년 동안 꾸준히 저축해서 1,000달러를 모았다. 에릭은 그 나이 또래처럼 갖고 싶은 물건을 사는데 돈을 쓸 수도 있었다. 하지만 그는 저축한 돈을 어떻게 사용할 것인지에 대한 계획이 있었다. 즉, 필요할 때 사용할 단순 '비자금'이 아니라 좋은 패가 뜨면 베팅할 '사업자금'이었던 것이다.

이것이 에릭과 우리나라 아이들의 다른 점이다. 같은 액수의 돈을 가지고 있어도 그 돈을 용돈으로 보느냐 사업자금으로 보느냐는 실로 큰 차이가 있다. 용돈은 소비재요, 사업자금은 생산재로 돈의 개념이 근본적으로 다른 것이다. 부모들은 자식들에게 주는 용돈에 대해 한 번쯤 생각해 봐야 한다. 나를 포함해서 대부분의 우리나라 부모들은 아이들에게 용돈을 너무 쉽게 주는 경향이 있다. 아이들도 용돈 받는 것을 당연하다고 생각한다. 그렇다면 미국의 부자들은 자녀들에게 어떻게 용돈을 주고 있는지 살펴보자. 2007년 빌 게이츠가 캐나다를 방문했을 때의 일이다. 한 앵커가 아이들에게 용돈을 얼마나 주는지를 물었다. 그는 '매주 1달러씩' 준다고 하였다. 당시 그의 큰딸 제니퍼는 15세였는데 그녀의 친구들의 일주일 평균 용돈은 17달러 정도였다. "청소년의 일주일 용돈치고는 금액이 적지 않나요? 앵커가 의아해하면 묻자 그는 이어 말했다.

"대신 아이들에게 스스로 용돈을 버는 길을 열어놓았습니다. 예를 들어 집안일을 도와주면 용돈을 더 주고 있지요."

그는 또한 제니퍼에게 휴대폰을 사주지 않았는데 그 이유를 다음과 같이 말한다.

"아이들이 헤프게 자라는 것을 원하지 않습니다. 물건을 쉽게 가지다 보면 세상을 스스로 살아가야 한다는 것을 잊어버리기 쉽습니다."

우리나라 같으면 어림없는 일이다. 10대 아이들이 핸드폰이 없다면 아마도 '왕따' 되기 십상일 것이며, 자녀들의 등쌀에 안 사주고는 못 배길 것이다. 월마트의 창시자 샘 월튼 역시 자녀들의 용돈 교육에 철저한 사람으로 꼽힌다. 그는 자서전에서 이렇게 말했다.

"나는 아이들도 그저 돈을 쓰는 사람이 아니라 가계에 조금이라도 보탬을 줄 수 있어야 한다는 사실을 어릴 때부터 배웠다. 1달러를 벌기 위해 얼마나 힘들게 일해야 하는지 나는 10살이 되기 전에 깨달았다."

그의 막내 딸 엘리스 월튼도 어린 시절을 회상하며 이렇게 말한다.

"우리는 어린 시절부터 어떤 식으로든 회사 일을 거들었다. 나는 사탕 계산대 뒤에서 일하기도 하고, 다섯 살 때는 팝콘 바를 맡기도 했다. 저녁 식탁에서 사업 이야기가 빠지는 법은 없었다."

빌 게이츠나 샘 월튼에게 돈은 땀과 수고의 산물이다. 공짜 돈은 없다. 심지어 자녀들의 용돈이라 하더라도 집안일을 해야만 그에 상응하는 대가로 용돈을 주었다. 그들의 자녀들은 돈의 가치와 소중함을 몸으로 배운 것이다. 이렇게 모은 용돈을 그들이 허투루 쓰지는 않을 것이다.

나의 둘째 아들에게는 대학 졸업과 동시에 용돈을 주지 않았다. 그 뒤 아들은 아르바이트를 열심히 하면서, 소위, '짠돌이'가 되었다. 나의 자녀들이 경제적으로 성공하길 바라는가? 그렇다면 샘 월튼처럼 1,000원을 벌기 위해 얼마나 힘들게 일을 해야 하는지, 적어도 10살이 되기 전에 깨우쳐 줘라.

만약, 용돈을 저축하는 아이들이 있다면, 저축한 돈을 소비재로 쓸 것인지 생산재로 쓸 것인지, 돈의 용도와 돈을 저축하는 목적에 대해 한번쯤 물어볼 필요가 있다. 아이들이 말 그대로 용돈으로 쓰기를 원한다면 좀 더 생산적인 방향으로 사용할 수 있도록 권유할 수 있다.

알다시피 에릭은 모은 돈으로 BTC를 구매했다. 나는 에릭이 BTC를 구매할 때(2011~2015년) 그보다 훨씬 많은 돈과 정보를 가지고 있었다. 그런데 나는 왜 행동으로 옮기지 못했을까? 가장 큰 이유는 그 당시에 BTC의 성장가능성에 대한 확신이 없었고 혹시라도 떠안을 리스크가 두려웠기 때문이었다. 그러나 에릭은 과감하게 베팅하였고 결국 성공하였다. 이런 의미에서 나는 사업가 체질은 아니다. 사업은 때론 머리가 아닌 가슴으로 해야 하는데 나는 여전히 머리로만 하려고 하기 때문이다. 10대들이 성공할 수 있는 강점이 바로 여기에 있다. 에릭처럼 주저함 없는 결단과 실행이다. 그들은 우리 어른들처럼 실패와 손실을 생각하지 않고 오직 성공 한 가지만을 보기 때문이다. 마크 저커버그 역시 한 스타트업 스쿨강연에서 "가장 큰 위험(Risk)은 위험을 피해 가는 것이다. 모든 것이 급

변하는 시대에서 위험을 피해 가는 전략으로는 반드시 실패한다"
고 말한 바 있다. 구더기가 무서우면 장을 못 담그듯이 리스크를 두
려워하면 성공할 수 없다는 말이다. 비즈니스 세계는 특히 그렇다.
그렇다고 그들이 앞뒤 가리지 않고 리스크 계산도 없이 무작정 덤
벼드는 스타일이란 것은 아니다. 어른보다 판단과 실행속도가 빨라
때때로 그렇게 보일 수도 있다. 하지만 그들도 나름대로의 전략과
확신이 있다는 점을 인정해야 할 것이다.

　에릭도 인스타그램 활동을 통해 자신의 부를 과시하기를 즐긴
다. 물론 한국적 정서에서는 다소 '치기 어린 잘난 척'으로 보여질
수 있다. 아마도 그의 리플 목록에는 칭찬과 격려 멘트보다는 '디
스' 멘트가 많이 달릴 것으로 예상된다. 이 상황에서도 부모의 역할
이 요구된다. 만약 나의 아이가 성공한 CEO가 되었다면 반드시 '욕
먹는 부자'가 아닌 '존경받는 부자'가 되는 길을 제시해 주어야 한
다는 것이다. 그들은 여전히 정신적으로 더욱 성숙해질 필요가 있
다. 에릭은 자신의 인스타그램에 다음과 같은 말을 올렸다.

　"설명은 없어. 단지 보기 싫게 뽐내고 있을 뿐이야. 지금까지 올
린 사진 중 가장 꼴불견이려나? 아참, 내 인스타그램에서 개그를 다
큐로 받아들이는 사람들의 가엾은 마음에 신의 은총이 있기를…"

　미국식 조크를 조금 이해하는 나에게도 그의 말은 다소 냉소적

(cynical)이면서 조소적(mocking)으로 들린다. 이러한 언행은 그의 성격의 한 단면을 보여주고 있다. 아마도 그는 과시하기를 좋아하는 성격의 소유자로, 때때로 자신이 이룩한 성취에 도취되어 평범한 상대를 만나면 무시하고 심지어 갑질을 저지를 가능성도 있다. 사업가에겐 치명적인 '아킬레스건'이 될 수도 있는 성격이다. 그럼에도 그의 사업가적 능력은 여전히 상승곡선을 타고 있다.

최근 암호화폐 전문 미디어 이더리움월드뉴스(Ethereum World News)에 따르면, 비트코인 초기 투자로 10대 나이에 백만장자가 된 에릭 핀맨(Erik Finman)이 미국 의회에서 의원들에게 암호화폐를 소개하는 발표를 진행했다고 한다. 구체적인 발표 내용은 공개되지 않았지만 미국 의회에서도 에릭과 비트코인, 암호화폐의 발전가능성에 주목하고 있다는 것은 분명하다. 모쪼록 에릭이 자기수양에도 부지런히 힘써 훌륭한 사업가로 성장하기를 바란다. 우리도 이를 반면교사로 삼아 장차 우리의 10대 CEO들은 능력 면에서나 인격 면에서 모두 존경받는 훌륭한 사업가가 되기를 진심으로 바란다.

'어플' 하나로 벼락부자가 된
닉 댈로이시오(Nick D'Aloisio)

2013년 3월 25일 야후는 '영국의 고등학생 '닉 댈로이시오'(17세)가 개발한 '섬리'(Summly)라는 앱을 3천만 불(한화로 3백 30억 원)에 인수한다'고 발표했다. 당시 닉은 "취미로 시작한 일이 이런 거액을 안겨줄 것이라고는 생각지 못했다. 돈이 들어오면 나이키와 새 컴퓨터를 장만할 계획"이라며 소년다운 모습을 보였다. 또 "언젠가는 인공지능과 관련된 큰 회사를 창업하는 것이 나의 꿈"이라고 덧붙였다. 닉이 만든 앱 '섬리'는 다양한 매체의 뉴스를 스마트폰에서 400자 이내로 자동으로 요약해서 보여주는 모바일 앱이다. 이는, 기존의 주요 언론사의 뉴스를 트위터 분량인 140자 정도로 축약해 제공해 주던 앱 '트리밋(Trimit)을 업그레이드 한 것이다.

하지만 '섬리'는 단순히 뉴스 기사의 앞부분만 잘라 보여주는

자신이 만든 어플 '섬리'(summly)를 홍보하는 닉

것이 아니고 인공지능(AI) 알고리즘을 통해서 중요한 내용을 순식간에 요약해서 보여준다. 그는 "기사 수천 개를 일일이 검색할 필요 없이 스낵처럼 간단하게 분 단위로 제공하겠다"고 말했는데, 홈페이지에서도 "섬리는 단순하고 직관적이며 우아한 주머니 크기의 뉴스로 자체 실험 결과, 사람이 기사를 요약하는 것보다 더 정확하게 핵심을 전한다"고 밝혔다. 나아가 관심 있는 분야와 매체를 지정해 놓으면, 중요 기사를 자동적으로 보여준다. 그러므로 특정 기사를 찾으려고 수차례 검색하거나 원치 않는 매체의 기사를 걸러내는 수고를 할 필요가 없다.

사용자는 특정 매체, 주제별로 요약기사를 볼 수 있으며, 이를 저장할 수도 있고, 한두 번의 터치로 해당 기사의 원문을 읽어볼 수도 있다. '섬리'는 애플 앱 스토어에서 약 100만 건의 다운로드를 기록해 2012 베스트 아이폰 앱에 선정(5점 만점에 4.5점을 받았다.)되었다. 뿐만 아니라 그 역시 '세계에서 가장 영향력 있는 10대 사업가'로 선정되었고, BBC와 파이낸셜 타임스(FT) 등 외신에서도 "닉이 스티브 잡스와 마크 저커버그의 뒤를 잇는 세계 정보기술계의 총아가 됐다"고 평가한 바 있다.

사상 최연소 벤처 대박 신화를 이룬 인물로 기록될 댈로이시오를 사람들은 그저 '억세게 운이 좋은 아이'라고 여길 수 있다. 하지만 닉의 성공이 그저 '운(運)'만으로 이루어진 것은 아니다. 그가 '섬리'를 출시하기까지 이미 두 차례 모바일 앱을 만들어 발표한 경력이 있기 때문이다. 신화탄생의 계기는 아이폰과 연관이 있다. 2008년 닉이 12살 때 그는 애플 키노트 행사를 보고 깜짝 놀랐다. 외부 개발자가 자신이 원하는 아이폰 앱을 개발해 앱 스토어를 통해 발표했기 때문이다. 다음날 그는 바로 애플스토어에 가서 "아이폰 앱을 만들려면 어떻게 하나요?"하고 물어봤다. 컴퓨터 언어 C를 공부해야 한다는 것을 알게 된 그는 '멍청이도 할 수 있는 C'라는 컴퓨터 언어 입문서를 사서 바로 공부하며 앱을 만들기 시작했다.

그의 첫 번째 아이폰 앱인 '페이스 무드'(face mood)는 페이스북 친구들의 글을 분석해서 아이콘으로 친구들의 기분을 보여주는 아이디어 앱이었다.. 16살 이상부터 앱을 등록할 수 있는 앱 스토어의 규정 때문에 그는 아버지의 이름으로 자신의 첫 번째 앱을 등록했다. 그 뒤 그는 텍스트 분석기술을 더 발전시켜 '섬리'의 원형이 되는 '트리밋'이라는 앱을 15살 때 발표했다.

그는 당시 '기즈모도'라는 테크 매체에 이 앱의 기사를 실어달라고 수백 통의 메일을 보내 기자를 질리게 했다는 일화가 있다. 그가 15세 소년이라고는 상상치도 못했던 기자는 결국 그의 기사를 실어주었다고 한다. 그의 이런 열정과 노력에 힘입어 이 앱이 점차 세간의 주목을 받기 시작했다. 그리고 그의 기사를 본 홍콩의 거부, 리카싱의 투자 팀이 그에게 20만 불을 투자하게 된다. 그는 이 투자로 직원을 고용하고 사무실을 임대해 본격적으로 스타트업 CEO의 모습을 갖추게 된다. 이후 애쉬톤 커쳐, 오노 요코, 스티븐 프라이 등 유명인들이 줄줄이 그에게 투자하면서 그의 사업 규모는 점점 커지기 시작했다. 마침내 그는 '트리밋'을 발전시킨 '섬리'를 2013년 11월에 발표하고 불과 4개월 만에 이 회사를 야후에 매각하게 된다. 야후는 현재 매력적인 컴퓨터 천재 미소년 닉을 회사를 상징하는 대변인으로 운용하고 있다.

이제 닉의 성공 요인들을 한번 살펴보기로 하자. 첫째, 시대를 읽는 그의 안목에서 찾을 수 있다. 지금 우리는 원하는 정보를 언제든지 손쉽게 그리고 거의 무한히 얻을 수 있는 정보홍수시대를 살아가고 있다고 해도 과언이 아니다. 하지만 사색보다 검색에 최적화된, 소위, '검색인간'(檢索人間)들은 원하는 정보를 꼼꼼히 읽을만한 시간이나 인내심이 부족하다. 한 마디로 '검색인간'들은 '타임푸어'(Time poor)라 할 수 있는데 이들은 '디테일'보다는 '훑어읽기(skim-read)'를 선호하는 경향이 있다.

군 생활을 하던 시절 지휘관에게 업무보고를 할 때, 보고서 분량이 좀 많다 싶으면 앞장에 핵심 위주로 기술한 '요약보고서' 한두 장을 붙이는 것이 관례였다. 가끔은 사안에 따라 요약보고서만으로 보고가 끝나는 경우도 있었다. 닉이 만든 '섬리'가 바로 '요약보고서'(요약정보)라 보면 된다. 요약보고서로 불충분하다고 생각되면 보고서 전체를 볼 수도 있다. 여기서 '검색인간'의 특징 몇 가지를 더 살펴보기로 하자. 첫째, 그들은 길고 장황한 것을 기피하며 짧고 간단한 것을 선호한다. 유튜브 동영상 러닝 타임(running time)은 7~8

분 선(線)를 넘지 않는 것이 관례인데 그 시간대가 넘어가면 유저(user)들이 길고 지루하게 느낄 수 있다는 것이다. 그러므로 짧은 시간 내로 메시지의 핵심만 전달할 수밖에 없다.(내가 해봐서 안다.) 나아가 이들은 자신의 관심 분야를 타인과 공유하기를 좋아한다. 이는 그들이 해시태그를 즐겨 사용하는 것만 봐도 알 수 있다. 해시태그(hashtag)란 트위터 등 소셜 네트워크 서비스(SNS)에서 사용되는 메타데이터 태그로, 해시 기호(#) 뒤에 특정 단어를 쓰면 그 단어에 대한 글을 모아 분류해서 볼 수 있다. 예를 들어 자신의 인스타그램에 음식 사진을 올릴 때 '#먹스타그램'이라고 해시태그를 달면, 해당 해시태그가 포함된 내용물이 모두 표시된다. 이처럼 '검색인간'들은 부단한 검색 활동을 통해 자신만의 디지털 공간 세계를 상호 공유하며 확장해 나간다.

둘째, 이들은 삶에 있어서 재미(fun)를 중시하는 경향이 있다. 우리 시대는 경제적 안정 후에 안락(安樂)이었지만 그들은 미래의 경제적 안정을 위해 현재의 '재미 희생'(fun sacrifice)을 감수하려 하지 않는다. 심지어 현재의 재미를 위해 어느 정도 위험도 감수한다. 일례로 얼마 전 코로나가 아직 종식되지도 않은 시점에서 이태원 클러버들로 인해 2차 코로나 바이러스가 재확산되기도 하였다.

이와는 대조적으로 우리 시대와 비슷한 노선을 가지고 있는 젊은 세대들도 있다. 일명 '파이어(FIRE)族'으로 일컬어지고 있는 이들은 '경제적 자립(Financial Independence)'을 토대로 자발적 '조기 은퇴

(Retire Early)'를 추진하는 청춘들이다. 이들은 일반적인 은퇴 연령인 50~60대가 아닌 30대 말이나 늦어도 40대 초반까지는 조기 은퇴하겠다는 목표로 회사 생활을 한다. 20대부터 소비를 줄이고 수입의 70~80% 이상을 저축하는 등 극단적 절약을 선택한다.

'파이어족'은 원하는 목표액을 달성해 부자가 되겠다는 것이 아니라, 조금 덜 쓰고 덜 먹더라도 자신이 하고 싶은 일을 하면서 사는 것을 목표로 한다. 또한 생활비 절약을 위해 주택 규모를 줄이고, 오래된 차를 타고, 외식과 여행을 줄이는 것은 물론 먹거리를 스스로 재배하기도 한다. 우리 시대에는 부자가 되는 것이 삶의 최종목표였다면 이들은 부자가 되고 난 이후의 삶, 곧 자신이 이룩한 부를 기반으로 자신이 진정으로 하고 싶은 일을 하는 것을 삶의 목표로 삼는다. 어떤 의미에서는 그들이 우리 세대보다 훨씬 더 미래지향적이라고 보인다.

셋째, 이들은 몸을 많이 움직이는 것을 귀찮아하며 핸드폰, 인터넷을 이용하여 간편하게 일을 처리해 나가는 습성이 있다. 그들에겐 매장 쇼핑보다는 On line 쇼핑이 대세가 된 지 오래며, 배달음식의 주류세력이다. 또한, 시간에 매인 고정 직종보다는 어느 정도 시간 조종이 가능한 자유 직종을 선호하는 경향이 있다. 이들이 3D 직종을 꺼리는 이유도, 노동 자체가 힘든 이유도 있겠지만, 무엇보다 통제된 시간의 압박을 힘들게 느끼기 때문이다. 이러한 '검색인간'의 특징과 니즈를 알면 우리도 제2의 닉의 출현을 기대할 수 있을지 모른다.

두 번째 그의 성공 요인으로는 아이폰 앱에 대한 그의 열정과 집념을 이야기할 수 있다. 앱 제작에 한 번 '꽂히자' 독학해서 앱을 만들고, 자신이 만든 앱을 홍보하기 위해 수백 통의 메일을 담당 기자에게 보낼 정도로 놀라운 집념과 추진력을 보이기도 하였다. 성공한 사람들에게 공통적으로 나타나는 특징 중의 하나는 자신이 하는 일에 '열정적'이라는 것이다. 이는, 성공한 10代에서 보다 두드러지게 나타나는 현상이기도 하다. 그렇다면 이러한 열정이 어떻게 부를 창출해 내는 원동력이 되는지를 한번 살펴보자. 부동산 재벌이자 현재 미국 대통령인 도널드 트럼프는 다음과 같이 말한다.

"억만장자들은 자신의 일을 사랑한다. 일이 돈을 벌어다 주기 때문이 아니다. 자신이 싫어하는 일을 하면서는 그처럼 부자가 될 수는 없다. 부자가 되려면 가장 먼저, 당신이 하는 일을 사랑해야 한다. 사랑이 이윤을 얻기에 필요한 에너지를 가져오기 때문이다. 어떤 일이든 열정만으로 90%의 문제를 해결할 수 있다."

그의 말에 따르면, 부자가 되기 위해서는 무엇보다 자신이 좋아하는 일을 해야 한다는 것이다. 내가 좋아하는 일이 나의 직업이 된다면 그야말로 금상첨화(錦上添花)가 될 것이다. 빌 게이츠는 다음과 같이 말한다.

"나는 세상에서 가장 신나는 직업을 갖고 있다. 매일 일하러 오는 것이 그렇게 즐거울 수가 없다. 거기엔 항상 새로운 도전과 기회가, 그리고 배울 것들이 기다리고 있다. 만약 누구든지 자기 직업을 나처럼 즐긴다면 결코 탈진하는 일은 없을 것이다."

이처럼 자신이 좋아하는 일을 할 때 열정과 즐거움은 생겨난다. 이 열정이 내 앞의 문제들을 해결할 수 있는 능력과 이윤을 창출하는 에너지를 끊임없이 제공하기에 결국 이로 인해 부자가 될 수 있다는 것이다.

이 글을 쓰면서 내가 분명하게 깨달은 것은 '성공은 자신의 모든 것을 쏟아부을 수 있는 열정을 가진 자만이 누릴 수 있는 특권'이란 사실이다. 그러므로 나는 어떤 경우에도 '절대 너의 열정을 죽이지 말라!'(Do not kill your passion!)고 말하고 싶다. 열정적으로 자신이 하고 싶은 일을 해나감으로써 우리는 성공도 하고 그로 인해 행복을 누릴 수도 있다.

이러한 의미에서 나는 '열정을 죽이는 일'은 좌절과 불행을 가져다주는 일종의 '죄악'이라 생각한다. 우리 아이들이 어떠한 일에 열정을 보인다면 우리는 기뻐해야 할 것이다. 그는 이제 자신이 좋아하는 일을 찾았고 자신의 성공과 행복의 문고리를 잡아당길 수 있게 된 일인지도 모르기 때문이다. 이러한 열정은 소위 지천명의 시대를 살아가는 나와 같은 중년에게도 필요하다. 솔직히 말해서, 나는 '건강'과 '열정'만 있으면 나의 시대를 충분히 행복하게 살아갈 수 있을 것이라 자신한다. 비록 남들보다 부나 명예, 권력 등 가진 것들이 많지 않아도 말이다. 열정을 가지고 살아간다는 것은 아직도 나에게 꿈과 희망이 살아있다는 뜻이며, 이 세상은 즐겁고 행복한 마음으로 살만한 가치가 있다는 뜻이기도 하다.

혹자는 성공하기 위해서는 열정보다는 남과는 다른 특별한 재능이 있어야 한다고 말할지도 모른다. 물론 어텀과 같이 그림에 뛰어난 재능이 있다면 남들보다 쉽게 그리고 일찍 성공할 수도 있을 것이다. 그렇다면 특별한 재능이 없는 사람들은 성공하기 어려운 것일까? 기타가와 야스시는 '편지 가게'에서 다음과 같이 말한다.

꿈을 이루지 못한 사람들은 "나는 재능이 없었어"라고 말한다. 꿈을 이루지 못한 이유가 재능이 없었다는 것이라면 꿈을 이룬 사람들은 모두 "재능이 있었다"라고 대답하는 것이 맞겠지만 성공한 사람 중에 그런 대답을 한 사람은 한 명도 없다. 꿈을 이룬 사람들은 "정말로 하고 싶었던 일을 열정을 가지고 계속했을 뿐이다"라고 말한다.

재능과 열정을 모두 가지고 있다면 더할 나위 없이 좋겠지만 둘 중에 하나를 택하라고 한다면, 나는 기꺼이 열정을 택할 것이다.

왜냐하면 재능은 특정 분야에서만 빛을 발할 수 있지만, 열정은 나의 삶 전체에 좋은 영향력을 줄 수 있기 때문이다. 나는 성공적인 삶이란 평생을 열정적으로 살아갈 수 있는 삶이라고 말하고 싶다. 문득 나의 두 아들에게 아빠의 열정을 유산으로 남기고 싶다는 생각이 든다.

세 번째 성공 요인은 닉이 한 말 속에서 찾아볼 수 있다. 닉은 한 언론과의 인터뷰에서 "사소한 것들을 모으는 데 재능이 있으면 위대한 업적을 이룰 수 있다"고 말한 적이 있다. 다시 말하면, 각 분야의 지식들을 서로 연결하면 하나의 걸작품이 탄생할 수 있다는 것이다. 닉은 레오나르도 다빈치나 미켈란젤로가 예술사나 과학사에 위대한 업적을 남길 수 있었던 것은 "그들이 예술뿐만 아니라 과학, 수학, 철학 등 여러 분야에서 특별한 재능을 갖고 있었기 때문"이라고 말한다. 그에 따르면, 위대한 업적을 남기기 위해서는 '한 우물'만 팔 것이 아니라 '여러 우물'들을 동시에 파야 한다는 것이며 여러 우물들을 한 곳으로 모으면 새로운 창조물이 나올 수 있다는 것이다. 한마디로 '재능 간의 시너지 효과'라 볼 수 있다.

솔직히 나는 레오나르도 다빈치나 미켈란젤로가 여러 분야의 재능들을 타고났다고 생각하지 않는다. 화가로서의 천부적 재능을 제외하면 나머지 재능들은 노력과 연구의 산물이었을 것으로 추측한다. 혹자는 '한 우물이라도 잘 파서 성공하면 되지, 굳이 여러 우물들을 팔 필요가 있는가!'라고 의문을 가질 수 있다. 93세의 고령에도 전국노래자랑 사회를 꿋꿋하게 보고 있는 송해 씨처럼 말이다.(그를 보면 정말 나이는 숫자에 불과하다.) 한 때 우리는 평생직장을 직장인의 '로망'으로 생각한 적도 있었다. 아마 지금도 그런 생각을 가진 사람들이 있을 것이다. 하지만 넥플릭스(NETFLIX)의 CEO 리드 헤이스팅스는 '과연 평생직장은 좋은 것인가'를 묻는다.

"나는 직원들이 회사를 평생직장으로 여기길 바라지 않았다. 직장은 어떤 사람들이 그 일을 가장 잘할 수 있고 그 일을 하기에 가장 좋은 자리가 마련된 그런 마법 같은 기간에 전력을 다할 수 있는 곳이 되어야 한다. 더는 직장에서 배울 것이 없거나 자신의 탁월성을 입증할 수 없다면 그 자리를 자신보다 더 잘할 수 있는 사람에게 넘겨주고 자신에게 더 잘 맞는 역할을 찾아가야 한다."

-그의 책, '규칙 없음'(No Rules Rules) 中에서

나는 평생직장에는 두 가지 경우가 있다고 생각한다. 하나는 내가 선택한 직업인 천직(天職)인 경우와 리드 헤이스팅스가 말한 것처럼, '더는 직장에서 배울 것이 없거나 자신의 탁월성을 입증할 수 없음'에도 단지 편하고 안정적이라는 이유로 눌러앉는 '철밥통' 직업인 경우이다. 이들은 새로운 직업선택에 따른 적응 문제나 수입 감소에 대한 우려 등으로 인해 현실에 안주하기를 선호한다. 사람은 일생 동안 평균적으로 5~6번의 직업을 선택한다고 한다. 하

지만 새 직업을 갖는 것이 그리 쉬운 일은 아니다. 내 경우만 보더라도 20년 군 복무를 마치고 새 직장을 얻기까지 3년 동안 가시방석이었던 '백수' 시절을 보낸 적도 있었다. 그리고 운 좋게 새 직장에 들어가게 되었는데 나의 기대와는 달리 나의 군 경력은 그곳에서 그리 큰 도움이 되진 않았다. 이제 어느덧 정년을 눈앞에 둔 시점에서 나는 또다시 직업을 선택해야 하는 기로(岐路)에 놓여 있다.

이러한 의미에서 나는 '한 우물보다는, 할 수만 있다면, 여러 우물들을 파는 것이 좋다'고 말하고 싶다. 취준생들이 다양한 스펙을 준비하듯 말이다. 하지만 단지 면접에서 '점수 따기' 위한 '홍보용' 배경으로서가 아니라 직업선택에 실질적으로 적용할 수 있는 '실전용' 경력을 준비하는 것이 좋다.

또 하나는 한 분야보다는 여러 분야에서 정통한 것이 자기가 하는 일을 더욱 창의적으로 해나갈 기회를 제공해 준다는 것이다. 얼마 전에 흥미로운 책 소개기사를 보게 되었는데 제목은 '튀김의 발견'이었다. 우리는 이 책의 지은이가 요식업계에 종사하는 유명 셰프 중 한 사람이라고 생각할지도 모른다. 그러나 이 책의 저자는 서울대에서 고분자공학 박사 학위를 받은 과학자이다.(그의 처가에서 돈가스집을 운영한다고 한다.) 그는 어떻게 하면 가장 맛있는 튀김 요리를 먹을 수 있는지를 과학적으로 재미있고 알기 쉽게 설명하고 있다. 또한, '과학, 역사, 인문학 등 다양한 관점에서 튀김을 살펴보는 일은 단순히 요리를 더 맛있게 즐기는 것뿐 아니라 삶의 행복과 추억까지 풍성하게 만들어 준다'고 말한다.

또 하나 재미있는 사례를 살펴보자. 일명 '도마 위의 시인'으로 알려진 김옥종 씨의 이야기다. 그는 전남 목포에서 알아주는 싸움꾼이었다. 조직을 떠난 후에는 격투기 선수가 되어 일본에서 열린 K-1격투기 대회에 한국인 최초로 참가했다. 하지만, 1회에 KO패 당하고 말았다. 이후 그는 고향으로 돌아와 요리사로 일하면서 시인으로 변신했다. 그야말로 파란만장한 인생길을 걸어온 사람이다. 먼저 그의 시 한 수를 들어보자.

< 통닭구이 >

나는 늙어 가는데

너는 익어 가는구나

내 생도 한 번쯤은

감칠맛 나게 뜯기고 싶다

그는 자신의 시 창작의 방향성에 대해 '신선하지 않고 뭔가 숨겨야 할 때 양념은 강해지고 맛이 복잡해지는데, 맛은 단순 명료해야 한다'고 말한다. 글을 쓰는 한 사람으로서 이 말을 듣는 순간 움찔했다. 작가가 자신이 알고 있는 바를 단순명료하게 전달하지 못할 때 글은 복잡해지고 현학적이 된다는 생각이 스쳐 지나갔기 때문이다. 문득 스테이크를 주문하면 그는 피가 뚝뚝 떨어지는 'Rare'

스테이크를 내올 것만 같다.

과학과 요리, 요리와 문학은 결코 다른 것이 아니다. 과학에서 맛좋은 튀김이 나오고 생선에서 맛깔 나는 시가 나온다. 그러므로 나는 여러 분야를 두루 섭렵하는 것도 창작에 많은 도움이 된다고 말하고 싶다. 닉 역시 "예술, 크리켓, 서체, 철학, 그리고 친구 만나기에 관심이 많다"고 한다. 조만간 그는 또 하나의 걸작품을 우리에게 선보일 것이다.

그렇다면 여러 분야에서 전문적인 지식과 기술을 습득하기 위한 시간과 자원은 어디에서 염출할 것인가? 그것은 인공지능(AI)이 해결해 줄 것이다. '섬리'가 가능했던 것은 바로 닉이 인공지능(AI)을 통해 뉴스 기사 축약 알고리즘을 만들어 낼 수 있었기 때문이다. 이미 의료 및 법률 분야 등에서 기존의 전문 인력들이 하던 일들을 AI가 대신하고 있다. '스마트 홈'이란 말이 낯설지 않을 정도로 인공지능(AI)은 이미 우리 삶의 한 부분을 차지하고 있다. 인공지능(AI)이야말로 가히 4차 산업혁명시대의 '도깨비 방망이'라 할 수 있다. 이러한 이유로 우리는 제2의 창조시대를 살아가고 있다고 해도 과언이 아니다. 창조주의 제1 창조물을 기반으로 인공지능(AI)이나 3D, 첨단디지털 지식과 기술로 뭐든 만들어낼 수 있는 시대를 맞이하고 있기 때문이다. 이는 앞서 닉이 "언젠가는 인공지능과 관련된 큰 회사를 창업하는 것이 나의 꿈"이라고 말한 것에서도 알 수 있다. 앞으로 그는 인공지능을 통해 더욱 '기상천외한 물건들'을 만

들어 낼 것이다. 나는 닉이 할 수 있다면 우리나라 아이들도 충분히 할 수 있다고 낙관한다. 우리 아이들의 잠재능력을 믿고 있기 때문이다. 내가 이 글을 쓰는 목적 중의 하나도 이러한 외국 아이들의 성공에 자극을 받아 우리 아이들도 더욱 분발하기를 바라는 마음에서다. 4차산업혁명시대는 이미 시작되었다. 그리고 미래는 우리 아이들의 손에 달렸다고 해도 과언이 아니다.

닉 댈로이시오와 같은 청소년을 발굴하기 위해 마련한 프로그램이 이미 국내에서도 시작되었다는 사실은 매우 고무적이다. 중소기업청과 SK플래닛이 공동 주최한 청소년 대상 앱 공모전인 '스마틴 앱 챌린지(SmarTeen App Challenge·STAC)'가 바로 그것이다. 명실상부 국내 최대 고교생 앱 경진 대회로 자리 잡은 STAC은 지난 2011년 이후 지금까지 675개 학교에서 2,895개 팀, 1만여 명의 학생이 참가했으며 매년 그 참가 규모가 커지고 있다.

2019 사물인터넷 부문에서 최우수상을 차지한 어플은 '시각장애인도 스마트폰을 쓸 수 있는 세상이 되도록!'을 모토로 스마트폰을 비롯한 전자 장치를 쓰는 시각장애인들이 그 내용을 직접 점자로 확인할 수 있도록 도와주는 서비스 어플, '효자눈'을 개발한 팀이 수상했다. 이 밖에도 국회 출석률로 국회의원 순위를 평가한 앱(Watchbly), 고양이 양육정보를 제공하는 앱(고양이를 부탁해!) 등 기상천외하고도 창의적인 앱들이 쏟아져 나왔다.

모쪼록 청소년 대상 앱 공모전인 '스마틴 앱 챌린지'(STAC)가 청소년 창업의 등용문으로 자리 잡기 바란다. 또한, 정부와 기업의 적극적인 지원 아래 아이들의 창의적으로 만든 앱들이 실용화되어 부의 창출을 도모하는 한편, 국가 프로젝트 중 하나인 '디지털 뉴딜' 정책의 바람을 타고 우리나라가 글로벌 앱 강국으로 우뚝 설 날을 기대해 본다.

우리나라를 빛낼
10대 CEO들의 출현을 기대하며

지금까지 이 책에서 살펴본 성공한 아이들의 이야기는 빙산의 일각이다. 앞으로도 우리는 CEO로, 예술가로, 가수로, 유튜브 스타로, 환경운동가로, 앱 개발자로 그리고 각기 다른 타고난 재능으로 다양한 분야에서 활약하는 '아이돌 스타들'의 성공담을 심심찮게 보고 듣게 될 것이다. '정치 분야에도 아이돌 스타들이 나타날까?'라고 의문을 제기하는 사람이 있다면 툰베리의 사례를 기억하기 바란다. 적어도 세계 기후변화에 관한 그녀의 정치사회적 영향력은 전(前) 미국 부통령이었으며 현재 거물 환경운동가로 활약 중인 엘 고어 못지않다. 그녀의 사례를 통해서 우리가 주목해야 할 사실은, 그녀가 개척한 길을 따라 제2, 제3의 툰베리가 그녀의 뒤를 이을 것이라는 점이다. 그들로 인해 우리 아이들도 환경보호에 대한 인식의 지평이 확대되고 나아가 '영 파워'(Young power)가 환경운동을 주도해 나감으로써 우리나라도 환경선진국이 될 날이 올 것이라는 희망찬 기대를 가질 수도 있다는 사실이다.

이에 관한 한 가지 사례를 들어보자. KLPGA(한국여자프로골프협회) 역사는 BP(Before Park Se-ri)와 AP(After Park Se-ri)로 나눌 수 있다. 왜냐하면, 그녀와 그녀의 뒤를 이은 Se-ri Kids로 인해 우리나라가 단기간에 세계 골프 강국이 되었기 때문이다. LPGA 메이저 타이틀 중에서도 세계적인 권위를 자랑하는 US 여자오픈에서 박세리가 우승했을 당시(1998.7) 그녀는 21살이었다. 박세리는 US 여자오픈에서 우승하기 2개월 전, 맥도날드 챔피언십(1998.5)에서도 우승했는데 데뷔 첫해 메이저 대회 2승을 거둔 선수는 세계적으로 2명밖에 없다. 이제 지금까지 살펴보았던 성공한 아이들의 성공 요인들과 부모의 역할에 대해 다시 한번 정리해 보기로 하자.

첫째, 성공한 아이들의 성공비결 중 하나는 그들의 남다른 '문제의식'에서 찾아볼 수 있다. 맞춤 양말 왕, 브레넌은 13세 때 학교에서 농구 시합을 하다가 '왜 모든 아이가 똑같은 나이키 양말을 신어야만 하는 거지?'라는 의문을 갖고 개성 있는 맞춤 양말을 구상하게 되었다. '응급키트 자판기'로 대박 난 테일러 역시, 야구경기중 다친 아이들에게 즉시 응급 처치할 수 있는 구급 약품을 얻을만한 곳이 주변에 없다는 사실로부터 그 사업 아이디어를 떠올리게되었다. 겐즈샵 CEO 김단슬 역시 '10대들이 입을만한 옷이 없다'는 문제의식 덕분에 온라인 의류사업을 시작할 수 있었다. 툰베리 역시 환경보호에 무관심한 정치사회현실에 대한 문제의식으로부터 환경운동가의 길을 걸어가게 되었다.

부모들이 아이들에게 성공잠재능력을 키워주길 원한다면, SNS 검색문화에 익숙한 아이들을 자연(自然)으로 이끌어 주자. 그들에게 사물을 진지하게 관찰하고 격물치지(*格物致知 ; 사물의 이치를 구명하여 자신의 지식을 확고하게 하는 것) 할 수 있는 환경을 조성해 주는 한편, 꾸준한 독서나 토론을 통해 비판적 사고능력을 키워주는 일이 중요하다고 생각한다. 나는 이러한 환경조성이 가정에서부터 이루어져야 한다고 생각한다. 왜냐하면, 오로지 대학진학에 초점이 맞춰진 학교에서는 현실적으로 많은 제한이 따르기 때문이다.

둘째, 어릴 때부터의 경제 관념과 자립정신을 심어준다면 성공 속도를 앞당길 수 있다는 사실이다. 일반적으로 아이들의 경제 관념은 12세 이전에 정립된다고 한다. 이 말을 입증이라도 하듯, 에릭은 12살 때 저축으로 모은 용돈으로 비트코인에 투자하여 백만장자가 되었으며, 벤저민 역시 자신이 모은 용돈으로 한정판 스니커스를 구입해서 그것을 되파는 리셀로 10배의 이윤을 남겼다. 이들의 성공과 관련해서 우리가 생각해 볼 문제는 '저축은 항상 미덕인가?'라는 것이다. 나의 시대에는 저축이 부동의 미덕이었다. 부자가 되기 위해서는 무조건 열심히 일하고 저축을 많이 해야만 한다는 생각이 지배적이었다. 하지만 자동차 왕 헨리 포드는 여기에 이견을 제시한다.

"사람들은 언제나 돈을 저축하라고 충고한다. 그러나 이것은 나쁜 충고다. 모든 돈을 저축하지는 마라. 자신에게 투자하라. 나는 마흔이 될 때까지 한 푼도 저축해 본 적이 없다."

그렇다고 내가 '저축이 미덕인 시대는 한물 갔다'라고 말하려는 것은 아니다. 헨리 포드처럼 자신에게 투자할 수도 있고 닉과 같이 사업에 투자할 수도 있다는 것을 보여주기 위함이다. 판단은 전적으로 본인에게 달려있다.

우리 아이들을 빨리 성공시키고 싶다면 조기 영어교육보다는 조기 경제교육이 더욱 효과적이 아닐까 생각한다. 어릴 때부터 경제적인 자립심을 키워줌으로써 부모에 대한 경제적 의존도를 낮추는 한편, 자기 인생에 대한 주인의식과 개척 의지를 높이는 것이 중요하다고 생각한다. 사회적 현실을 고려해 볼 때 아이들의 진로 및 직업 설계는 조기에 할수록 유리하다고 생각한다.

셋째, 아이들은 특별한 재능과 함께 성공의 조짐을 보이게 된다. 어텀이나 동원처럼 말이다. 이때 부모들은 과감하게 그들의 재능에 '베팅'하라는 것이다. 베팅할 순간 망설이는 이유는 '베팅 머니'가 없어서라기보다, 아이들의 재능을 확신하지 못하거나 평가 절하하기 때문인 경우가 많다. 어린 어텀이 그림에 재능을 보이자 그녀의 부모는 즉시 물심양면으로 지원함으로 어텀의 재능이 조기에 발화되도록 하였다. 피카소의 아버지 또한 화가로서 자신의 일도 포기하고 피카소에 올인했다. 그리하여 피카소가 세기의 화가로 '롱 런'할 수 있는 기틀을 마련해 주었다. 동원이의 경우는 어텀보다는 불리한 조건이었지만 할아버지가 부모의 역할을 대신해 준 것은 다행이라 할 수 있었다. 앞으로 동원이를 국내 최고의 트롯 가수로 키울 수 있는 방법, 동원이의 재능을 기반으로 그의 가치를 기업화할 수 있는 방법에 대해 고민하는 것이 그의 부모의 과제라 할 수 있다.

넷째, 성공한 아이들에게 볼 수 있는 또 다른 성공요소로 그들의 창의적인 사고와 불굴의 도전정신을 들 수 있다. 미카엘라는 할머니표 레모네이드를 사업화하였으며, 테일러는 응급처치 키트 자판기를, 브레넌은 맞춤 양말로 스타트 업(Srart Up)을 했다. 창의적인 사고는 기존의 것에 대한 차별적 사고로부터 시작되기도 한다. 미카엘라는 레모네이드에 기존의 설탕을 넣는 대신에 '벌꿀'을, 테일러는 커피나 음료 대신에 응급처치 키트를 자판기에, 브레넌은 회사 로고가 전부였던 기존의 밋밋한 양말에 다채로운 디자인을 가미함으로써 차별화에 성공하였다. 닉은 '섬리'의 원형이 되는 '트리밋'(Trimit)이라는 앱을 15살 때 발표했다. 뿐만아니라, 당시 '기즈모도'라는 테크 매체에 이 앱에 대한 기사를 실어달라고 수백 통의 메일을 보내 기자를 질리게 할 정도로 집요한 도전정신을 보여주었다.(결국 '기즈모도'는 닉의 기사를 실어주었다.) 툰베리는 자신의 요구가 관철될 때까지 국회 앞에서 끈질기게 환경보호시위를 하였다. 툰베리의 목소리는 녹색당의 약진을 견인할 정도로 국내외 정치에 큰 영향력을 행사한 바 있다.

성공한 10대 CEO의 사전에는 결코 '포기'란 단어는 찾을 수가 없었다. 하지만 모든 아이들이 포기할 줄 모르는 강한 멘탈을 가진 것은 아니다. 아이들도 나름의 어려움이 있다. 자신들의 꿈과 목표가 부모의 반대로, 혹은 자신의 능력 부족으로 좌절될 수도 있다. 전자의 경우는 매우 불행한 상황이라 할 수 있는데, 이 경우 자신의 길을 개척해 나간다는 것이 매우 힘들고 어렵기 때문이다. 잘못하다가는 좌절과 포기로 인한 탈선의 여지도 있다. 이 책에서 시종 말하고 있는 것 중 하나는 "절대로 아이들의 꿈을 꺾지 말라!"는 것이다. 아이들에게는 꿈을 이룰 수 있는 능력과 계획이 이미 자리 잡고 있다는 사실을 꼭 기억해야 한다.

후자의 경우, 부모는 아이가 자신의 부족한 능력을 채울 수 있는지를 혹은 자신의 진로를 수정할 생각이 있는지를 파악하는 것이 중요하다. 또한, 어떤 경우라도 변함없는 신뢰와 격려 그리고 지원을 약속해 주어야 한다. 이와 더불어 국가나 사회 그리고 기업에서도 우리의 아이들이 아이디어 하나로도 창업할 수 있는 기반을 더욱 확충해 나가야 할 것이다.

다섯째, 성공한 아이들은 모두 그들이 '좋아하는 일'을 열심히

했다는 사실이다. 이 책의 주인공들뿐만이 아니다. 페이스북의 마크 저커버그, 애플의 스티브 잡스, 마이크로 소프트의 빌 게이츠 등 모두 자신들이 좋아하는 일로 대성공을 이루었다. 지금 우리는 '취미'와 '일'의 경계가 모호해지는 시대를 살아가고 있다. 나는 이를 '일과 취미의 수렴화 현상'이라 표현한 바 있다. 그러므로 우리는 아이들이 어떤 직업을 가지면 좋을까를 생각하기보다, 아이들이 무엇을 좋아하는지를 먼저 생각해야 한다.

일례로 내 조카는 어려서부터 개를 좋아해서 개 키우는 것이 취미였는데 지금 애견 샵에서 즐겁게 일하고 있다. 물론 돈도 벌면서 말이다. 우리는 점점 취미가 직업이 되는 세상에 살고 있다. 그리고 이것이 행복하다. 빌 게이츠의 했던 말을 다시 한번 상기해 보자.

"나는 세상에서 가장 신나는 직업을 갖고 있다. 매일 일하러 오는 것이 그렇게 즐거울 수가 없다. 거기엔 항상 새로운 도전과 기회가, 그리고 배울 것들이 기다리고 있다. 만약 누구든지 자기 직업을 나처럼 즐긴다면 결코 탈진하는 일은 없을 것이다."

그러니 부모들은 아이들이 좋아하는 것을 할 때 막지 않는 것이 좋다. 그것이 장차 아이들의 직업이 될지도 모르기 때문이다. A. 매슬로우는 인간의 최고 욕구를 '자아실현'의 욕구로 보았는데, 나는 자기가 좋아하는 일을 할 때 이 욕구가 충족될 수 있고 행복해질 수 있다고 본다. 아이들이 좋아하는 일을 막는 것은 그들의 행복을 막는 일이라는 것을 알아야 한다. 부모들은 아이들이 좋아하는 것으로 직업을 삼기보다는 안정되고 전망 좋은 직업을 선택하기를 바라는 경향이 있다. 물론 부모의 마음을 모르는 것은 아니지만 부모의 뜻을 아이들에게 강요하지는 말기 바란다. 평양감사도 저 하기 싫으면 못하는 것이고 하기 싫은 일을 하는 것만큼 큰 고역도 없다. 공자도 말하기를, '己所不欲 勿施於人'(기소불욕 물시어인), 즉 '자기가 (혹은 상대가) 하고 싶지 않은 바를 남에게 강요하지 말라'고 하였다. 나는 '좋은 게 좋다'라고 말하고 싶다. '자식이 좋아하는 것은 내게도 좋다'라는 생각이다. 그러니 아이들에 대해 걱정과 염려보다는 사랑과 믿음으로 나아가자.

끝으로 이 책을 쓰면서 내가 보고 느낀 점들을 몇 가지 말하고 얘기를 마치고자 한다. 첫째, 이제는 자녀가 아동기일 때부터 그들의 진로에 대해 고민하고 준비해야 한다는 것이다. 왜냐하면 세상은 하루가 다르게 '탈바꿈'하고 있으며, 빨리 성공할 수 있는 방법 또한 다양화되고 있기 때문이다. 이제 우리는 어린 자녀들의 생각과 재능, 그리고 좋아하는 것들이 무엇인지를 발견하고 이를 조기에 개발시켜 주어야 한다. 언제 어디서 그들이 '잭 팟'(jack pot)을 터뜨릴지 모르기 때문이다.

둘째, 부모들은 아이들을 패밀리의 성공을 위한 '미래자산'으로 보는 마인드가 필요하다. 다시 말하면 아이들을 '잠재적 블루칩'으로 보고 물심양면으로 투자하는 것이다. 이는 절대로 아이들을 '돈벌이 수단'으로 보자는 뜻이 아니다. 아이들의 성공 DNA가 잘 발현될 수 있는 환경과 여건을 제공해 주자는 것이다.

셋째, 아이들이 성공하더라도 좋은 인성과 함께 정상적인 생활이 가능하도록 이끌어야 한다. 또래 문화를 경험시켜 주고, 그들의 정서발달을 도와주자. 갑작스런 부와 인기로 인해 일탈 현상을 보이지 않도록-이를테면, 돈 자랑이나 지나친 우월감 등-인성 및 가정교육을 충실히 해나감으로써 건실한 사회인으로, 기업가로 성장할 수 있도록 바로 잡아줘야 한다.

넷째, 빌 게이츠와 샘 월튼의 사례를 살펴본 바와 같이 가정에서의 조기 경제교육과 방법(용돈 버는 법 등)을 통해 아이들의 경제적 자립심과 비즈니스 능력을 키워줄 필요가 있다. 아이들이 스스로 모은 돈을 어떻게 쓰는지도 관심 있게 지켜 볼 필요가 있다. 평범한 아이들처럼 그저 용돈으로 쓰는지 아니면 에릭처럼 BTC에 투자하는지를 말이다.(하지만 이 부분은 여전히 조심스럽다.) 용돈을 소비재로 생각하는 아이들에겐 생산재로서의 가치를 일깨워줄 필요가 있다고 생각한다.

다섯째, 4차산업혁명시대의 도래에 따라 유튜브, AI, 드론, 3D 프린터, 앱 제작, 온라인 비지니스 등 관련 지식정보 및 기술을 익힐 수 있도록 자극제 역할을 해 주자. 특히 아동기에 다양한 분야의 학문과 지식을 접할 수 있도록 이끌어주고, 지식 간의 혹은 사물 간의 융합능력도 배양할 수 있도록 도와주어야 한다. 레모네이드와 벌꿀을, 고분자 공학과 튀김을, 그리고 요리와 문학을 융합하듯 말이다.

여섯째, 성공한 아이들이 책임의식을 잊지 않도록 도와주면서 지속적으로 일을 잘할 수 있도록 격려해주는 것이다. 얼마 전 유명 연예기획사 대표가 여러 가지 물의를 일으킴으로써 언론의 조명을 받았는데, 그 내용 중 하나가 소속 연예인들이 잘못을 저지르면 자기가 나서서 무조건 덮어주려고만 했다는 것이다. 그로 인해 그는 '해결사 대표'라는 별명을 갖기도 하였다. 소속사 연예인들이 잘못을 해도 소속사 대표가 알아서 '방패막이'가 되어주다 보니 연예인들의 책임감이나 도덕성은 점점 저하되었다. 결국 같은 실수를 쉽게 저지르게 되었고, 그의 '왕국'은 무너지고 말았다. 또한, 최근 유력 정치인의 자제가 '휴가 미복귀'로 논란이 된 적이 있다. 사건의 진상이 확실히 밝혀지진 않았지만, 부모는 자식이 '우리 부모는 해결사'라는 생각을 가지도록 해서는 안 될 것이며 자식 역시 부모를 그렇게 생각해서도 안 된다. 부모가 해결사가 되는 순간 '떡 한 덩이 주면 안 잡아 먹지'라고 협박하는 호랑이에게 떡을 주는 할머니와 같이 된다. 떡이 다 떨어지면 그다음엔 무엇을 줄 것인가?

그렇다면 성공한 아이들에게 책임의식을 심어주기 위해서는 무엇을 해야 할까? 무엇보다 자신이 하는 일에 대한 목적의식과 사명감을 갖도록 해야 한다. 나의 재능을 단지 성공하기 위한 수단으로 삼는 것이 아니라, 이 세계를 더 좋게 변화시키겠다는 목적의 도구로 생각할 수 있도록 도와주는 것이다. 마크 저커버그는 '온 세계를 하나로 연결시키겠다!'는 굳건한 목적의식과 사명감을 가지고 페이스북을 만들었다. 그러했기에 그는 세계부자 5위에 랭크 되었어도 겸손과 절제의 미덕을 잃지 않고 있다. 이것이 '운 좋은' 부자와 '위대한' 부자와의 차이점이다.

끝으로 성공한 아이들의 수호천사로서 부모의 제1 역할은 가정의 울타리를 튼튼하게 만드는 일이다. 즉, 화목한 가정을 만드는 일이다. '가화만사성'(家和萬事成)은 동서고금을 막론한 불변의 진리다. 수많은 헐리우드 아이돌 스타들이 한순간에 나락으로 떨어지는 첫번째 원인이 바로 가정불화이다. 부부간의 싸움이나 이혼은 아이들에겐 치명적인 독과도 같다. 가정의 화목과 평화가 깨지는 순간, 모든 것이 위태롭게 된다는 사실을 항상 명심해야 한다.

챔피언이 되는 것보다 그 자리를 지키는 것이 더 어렵다는 말을 한다. 마찬가지로 성공하는 것보다 성공의 왕관을 계속 쓰고 있는 것이 더 어렵다. 갈수록 왕관의 무게는 더할 것이기 때문이다. 더구나 아이들이 그 왕관의 무게를 감당하기에는 턱없이 힘들다. 그러므로 부모는 아이가 잘 성장해서 자신의 삶의 무게를 감당할 수 있을 때까지 이끌어주고 도와줘야 할 책임이 있는 것이다. 눈앞의 이익에 집착함으로 아이의 왕관의 빛을 어둡게 해서는 안 될 것이다. 모쪼록 이 책이 이 나라의 미래를 책임질 우리의 10대 예비 CEO들 그리고 그들과 한배를 타고 성공의 항해를 함께할 부모들에게 도움이 되길 바란다.

에필로그

우연한 기회에 십 대에 성공한 아이들의 이야기를 TV로 보게 되었다. 그 당시 나는 솔직히 '다큐'보다는 '예능' 정도로 치부하였는데 아이들의 성공이 나에게 그리 어필하지 않았기 때문이다. 아이들이 어떻게 어린 나이에 성공하게 되었는지, 그들의 성공비결은 무엇이었는지에 관심이 가기보다는 '이 아이들의 부모는 좋겠다. 자식 잘 돼서.'라는 순간의 부러움만 들었을 뿐이었다. 아마도 평범한 삶에 오랫동안 길들여진 탓에 성공한 사람들의 이야기가 내겐 그저 '남의 나라 이야기'로 느껴졌기 때문이었을 것이다. 하지만 우리 어른들이야 그렇다 치더라도 10대 아이들도 이 얘기를 그저 '남 얘기'로 스쳐 들으면 어쩌나 하는 우려가 든 것도 사실이었다.

그러던 중 '미스터 트롯'에 나온 14살 정동원을 보는 순간, '어린 나이에 성공한 아이들에 대해 한 번 연구해 보자'는 생각이 들었다. 왜냐하면 그들의 성공이 단지 우연에 의한 것이 아니라 거기에는 어떤 특정한 메커니즘이 있을지도 모른다는 막연한 생각이 들었기 때문이었다. 그리고 그 막연한 생각은 이 책을 다듬을 즈음 확신과 신념으로 바뀌게 되었다.

사실 나는 그들에게 감사해야만 한다. 그들로 인해 이 책을 쓰게 되었으며, 아직은 쑥스럽지만, 작가의 길을 개척하게 되었기 때문이다. 나아가 '우리나라 10대들을 CEO로 만드는데 도움을 주는 멘토가 되겠다!'는 꿈과 사명감도 갖게 되었다. 월트 디즈니는 '꿈을 꾸는 자는 그 꿈도 실현할 수 있다'고 말했는데 사실 나는 이런 꿈을 꾸는 것만으로도 행복하다. 나처럼 모든 10대 여러분들도 상상만으로도 즐겁고 짜릿한 꿈을 꾸기를 바란다. 여러분들의 꿈은 무조건 이루어진다. 그러니 누가 뭐라 해도 여러분들의 꿈을 포기하지 마라. 꿈을 포기하는 순간, 여러분이 성취할 성공도 행복도 사라진다. 또한 그 꿈을 이루기 위한 목표를 크게 잡는데 인색하지 마라. 크면 클수록 좋다. 미켈란젤로는 다음과 같이 말한다.

"우리에게 있어 가장 위험한 것은 목표를 높게 잡아서 실패하는 것이 아니고, 목표를 너무 낮게 잡아서 성취하게 되는 것이다."

지금 나의 꿈과 목표를 말해보자. 누구나 이룰 수 있다면 그 꿈과 목표는 평범한 것이요, 결코 높은 것이 아니다. '누구나 해병이 될 수 있다면, 나는 결코 선택하지 않았을 것이다'를 자존심으로 삼는 해병처럼(둘째가 해병 출신이다.) 내가 아니면 안되는, 오직 나만이 할 수 있는 꿈과 목표를 세우고 날마다 실천해 나가자.

일생에서 성공할 수 있는 최적기(最適期)는 10대 시절이라고 말한 바 있다. 이때를 절대 놓치지 말기를 바란다. 부모들 역시 이때를 우리 아이들의 '황금시대'로 알고 아이들이 하고 싶어 하는 일이 있다면 물심양면으로 도와주기 바란다. 그래서 성공한 아이들의 이야기가 저 멀리 남의 나라 이야기가 아니라, 바로 내 눈앞에 있는 내 아이의 이야기가 되도록 만들자. 문득 이 책을 읽고 성공의 기회를 발견하게 될 아이들의 모습을 그려본다.